La Habana sentimental

ROSIE INGUANZO
La Habana sentimental

© Rosie Inguanzo, 2018

© Fotografía de cubierta: W Pérez Cino, 2018

© Bokeh, 2018

Leiden, Nederland
www.bokehpress.com

ISBN 978-94-91515-92-7

I.

II.

Sunt lacrimae rerum, et mentem mortalia tangunt.

Virgilio

Where there is sorrow there is holy ground.

Oscar Wilde

I.

El desnudo

Había una vez una muchacha que cuando se desvestía o se
duchaba o mientras se depilaba las axilas, se sorprendía sintiéndose observada. A veces gritaba del susto. Un susto que le
sorprendía hasta en su propia sombra, un sobresalto parecido al
horror. Como si hubiera entrado un intruso. Era absorbida por
la mirada. Una mirada que sentía sobre sí, cuando en realidad
estaba sola y nadie la miraba. Le acompañaba una culpa rara:
en el desnudo casual se desconcertaba de sí misma; aun en la
intimidad del cuarto de baño, se interrumpía preguntándose
si estaba a la vista de muchos o qué hacía así, como si de un
lugar público se tratara.

Cierta vez una mesa sin mantel se le había hecho desnudo
en la mirada, piel descubierta; la madera mostrando sus partes
suaves, sus rugosidades, su minucia húmeda. Se figura que cada
rosa tiene su desnudez, su edad, su carne, el frenesí de su aroma,
su cliché de momento eterno. Corre un zorro por la nieve y ¡zas!,
ve la tundra desnuda. Ella es una especie de principio hecho
carne, elemento –como decir tales: agua, tierra, aire, fuego. Ella
esparce sus desnudos en la música que escucha, como granos
de arroz, e indaga.

Si la hubieras dejado sola en la casa, si le hubieras confiado
unas joyas, si le hubieras encargado que trasladase algo valioso,
si ahora mismo la sometieras a un detector de mentiras, daría
resultado positivo. Ha vivido persecución y sabe que es inevitable ser asaltada por la culpa. La culpa quedó sembrada en
ella desde aquella década de los ochenta. Y no habrá robado
ni un alpiste para sentirse acusada. Hallarse sorprendida en
el acto. El susto de que todo es un delito en el país abyecto.
El detector de mentiras se dispara en su cabeza señalándola

culpable y el corazón se precipita errático. Es culpable desde que nació debido al miedo inoculado en la plaza. Los altoparlantes lo infligen a través de un discurso intermitente. Dentro de un sistema diseñado para destruirla y acabarla, ella es culpable de robar, de mentir, de disimular, de taparse los oídos, de repetir consignas en la escuela, de burlar la vigilancia, de conseguir bocado, de desearle la muerte al dictador, de ir a misa, de negar a Dios, de tener pasaporte, de traficar con dólares, de huir de la policía política, de saberse distinta e imaginarlos sin ropa.

Aún hoy, como las mujeres de Paul Delvaux, su desnudo se lo siente inadecuado, desencajado del cuadro, núbil bajo la luna. Luneándose impávida se extravía en la sensación del desnudo. Serena en el sereno, nublada en la neblina, descarnada en la bruma sobre musgos y líquenes. Como una mujer delvauxiana, no hace ruido, respira hinchándose apenas.

A veces, para aliviarse, se desnuda realmente, en público, pero esto sólo agrega más confusión a sus desnudos apilados en la mente. Se acumulan los desnudos lácteos suyos unos sobre otros extendidos. La memoria fílmica de su mente delvauxiana extrae el desnudo como si de un elemento de la naturaleza se tratara —como si cuerpo que piensa cuerpo.

Érase una desnudo viral, tenso y titilante, de la mente a la vida y a los sueños —donde más tolerable el desnudo. Porque los sueños le tejían fundas de muselina y tafetán que le cubrían los ojos como una mujer de Man Ray, con la malla del encaje camuflando la mirada. Entonces, desposeída por los otros y sus miradas definitorias con las que se juzga a sí misma, expropiada del cuerpo, sumergiéndose en la soledad del paraje surrealista, liviana se alivia. Se tiende en el desnudo como ellas en los lienzos de Delvaux. Alentando al viento a que la manosee.

Deslumbra su desnudo con música de fondo. O mejor así: La muchacha afrontaba su muerte aquí, entre el *tenuto* de las cuerdas, lombriz-flauta, clarinete bajo, Rautavaara cuando se recoge de la supernova-*manouse* del *Cantus Arcticus* y por un instante de platillos, puede verse su pecho desnudo y venoso que pasa silenciosamente por la luz.

Incluso cuando va arropada se comporta como si desnuda fuera, dejando algo vertido fuera del vestido: un trozo de cadera, los hombros disparejos, la espalda torcida, un seno que se sale, una cicatriz en la espalda, las piernas lánguidas y, a cierto ángulo de la luz, una transparencia que evidencia un desconcertante desarreglo hormonal, el pubis rubio y la región rosada. Ella veía y ve, ahora mismo, a todo el mundo desnudo. Evalúa cada superficie, curva, cada protuberancia –lo más dado a ser pasado por alto–, la hondonada de las ropas sobre el cuerpo, el color de la tela sobre la piel, visualizando mentalmente la textura de las carnes debajo, los pezones rugosos, la montaña de Venus o el tamaño del pene flácido, las nalgas, los poros, los vellos bajo la luz de farol de una estación cualquiera.

Es inevitable para ella verlos sin ningún pudor, por muy vestidos que anden, radiografiando la intimidad tras la coraza de los atuendos. En el andén de Delvaux ella espera ver llegar a alguien desnudo. Y que descienda desnuda la llegada de una tensión lívida. Morada de frío, azulada de tristeza, doliente del desnudo. Con la piel desprovista, reposa su espera como si vestida estuviera.

Ella exhibe este desorden: la ambigüedad genital como una marca de identidad. De cuando en vez, dorada de sol, amoratada de madrugada, la espabila el desnudo de alguien. Descorazonándole la gama de blancos que tiñen su conciencia. La consciencia desnuda su inconsciente desfondado. Debajo de las telas flotantes ella sabe un vaho del cuerpo y una exudación de la epidermis. Incluso cuando están vestidas, las mujeres de

Delvaux están desnudas y debajo de las carnes ella ve los huesos, el esqueleto amarillento de una ardiente blancura, que es un modo de ver su propia muerte.

Es una mujer de Delvaux y se comporta así de repentina e inexpresiva. Dentro de la escena surrealista de plenilunio sopla un viento frío y se le eriza la piel marmórea. Algo azul la sobrevuela, azul líquido, ungüento marino, un azul en picada, un tragadero de seda azul óptico, penacho añil licuado, ráfaga azulada, caída celeste o ave lapislázuli, seda arbitraria, pelusa de cielo o floración de aciano, hilo de azul se le suelta al cielo, beta de aire marino, azul antediluviano, azul velado, azul que ingiere imágenes del día y los echa al mar del cielo, mar tendido al viento, gotas de aire índigo o ventana azulada, azulejo de agua, azul que busca salirse de la tela e insertarse en el firmamento, busca salida azul de quetzal que aparenta azul y es aire, aliento celestial, color del muerto azuloso de la seda, azul puntual, ala de Morfho azul, puntos corridos de color, arritmia de azules, la ilusión del agua. Tintura sobre la piel luneada.

Así comienza esta historia que sólo conduce a la imagen de su propio desnudo inusitado adornado por una prenda de vestir azul cobalto, que como un vuelo rápido o un lazo al vuelo no le cubre casi nada, más bien un adorno azul de cinta de seda sobre la frente –o pañuelo airoso o tocado vaporoso o collar de perlas grises azuladas desenhebrándose al viento, o sombrero de ala índigo batiéndose en vendaval encima de su desnudo blanquísimo, sonámbulo y estatuario.

Exhala blanco y se autoconsume haciéndose invisible como un oscuro de cine. Desaparece en *off* hacia una trama fragmentada e inconclusa, se adentra en la niñez y la tantea, sigue hacia la adultez, la vejez y la muerte, la muchacha rubia que va semivestida pero se siente desnuda, desnudando mentalmente a los que caminan a su lado por la vida.

dañada; los jirones de una turbulencia, una pesadilla histórica, un caleidoscopio narrativo sobre la memoria y más que nada sobre la identidad, un relato clínico, unas conjeturas pseudo-científicas, una circunstancia quebrada, una *novella* deforme. Y porque una violencia aquí secuestra la narración, contarme nuestra historia desde el lado de los oprimidos. ¡No voy a saber lo que es! Espoliar la memoria —la memoria viene y va y no voy llenarle los espacios reacios ni sufrir los vacíos. He de narrarla para que se organice, se figure. Para morirme detrás de *ella* arrebatada de ansia por la vida (solitaria y taciturna llegaré a esa última habitación que es una pintura de Edward Hopper: la mujer desnuda esperando su coito doméstico, persistiendo en ser sexualmente intervenida, abandonada a sus manías, enclavada en el silencio). Me sumergiré en esa última instancia como *ella* no sabría hacerlo. *Ella* es mi referente primordial y se desprende de la escena, se desgaja como un brazo, una pierna. *Ella* es lo real y lo demás es su fantasma.

Puede administrársele una dosis más de Warfarina e igno-rar entonces las señales de envenenamiento: las quejas por las punzadas en la sien, los moretones fáciles desparramados en los brazos y las piernas, el hematoma dentro del ojo derecho. O ahora que tiene una gripe espantosa y no para de toser botando una flema verde-amarilla oscura, puedo no encargarle los anti-bióticos aun sabiendo que es muy probable que pesque una neumonía. Dejarla morir por medio de pequeños descuidos y negligencias que se acumulan y desestabilizan su organismo enfermo. Dejarla morir de neumonía y de desidia. No pedirle al médico antibióticos cuando lleva dos semanas con la tos seca, las fatigas y los sudores nocturnos, es una manera de adelantar su muerte, dejarla ir. O puede desnivelársele el azúcar en la san-gre. Llevar mal la dosis de insulina que le inyecto; descuidar las pastillas de la tarde para que el azúcar le suba o le baje durante la noche. Descompensarla. 52 unidades de insulina que puedo dejar en menos. Gibosa y desmadrada, le entierro la aguja en el vientre e inyecto 32 unidades de insulina –su vientre despro-porcionado, mi casa primera–, le entierro los ojos y la enfrento.

Las agujas hipodérmicas son tres. Para inyectar insulina, por ejemplo, la que se usa no se siente de tan fina, apenas un milímetro cúbico; el pinchazo es leve y la inyección subcu-tánea es de absorción lenta. Está la aguja para extracción de sangre, que duele algo y deja morado si traspasa la vena. Duele cuando la aguja atraviesa la epidermis y entra al músculo, para alcanzar el conducto sanguíneo. La que busca extraer sangre de su arteria es cuatro veces más gruesa y duele bastante más. Es la que se utiliza para medir el nivel de oxígeno y dióxido de carbono en la sangre; es una aguja de extracción de sangre que apabulla. Para la gasometría arterial se busca la arteria radial en la muñeca (la femoral en la ingle o la braquial en el brazo –que es la que le pinchan a mi Madre). La sensación es pulsátil y un breve calambre. Mientras tanto ella no quita los ojos. A veces se puede solicitar una anestesia untada en el lugar del pinchazo. El pinchazo puede dejar un hematoma, sin duda. Cuando se toma Warfarina, como mi Madre, la arteria perforada por una de estas agujas puede, accidentalmente abierta después de la extracción y sin coagular, desangrar al paciente. (Otra aguja es la que te entierran en la espina dorsal para inyectar cortisona. Ésta es aun más larga y de grosor mediano –ha de evitar el nervio y atacar la inflamación que lo mortifica. Anestesiada, la he visto atravesar mi espalda en un televisor enano de rayos X colocado encima de la camilla, y alcanzar el área inflamada).

Ahí reza diariamente sobre las siete de la tarde, sentada en el sofá con el televisor encendido. Empieza por los muertos. Por mi mamá, dice, luego Alejo, Bellita, Carlos mi hermano que es el que más quiero, mi hermano Alberto el mudo, que le decíamos

Ao, mi hermana Pilar, todos los que se fueron, Albertico, papá, Orestes, tía Nena, tío Luis, y por Abelino –que es el verdadero padre de tus primas–, a quien yo quería más porque era un tipazo de hombre, y por eso ellas salieron altas. ¿Tú sabes que a Generina le da como un ataque cuando muere alguien? Flores a Chinea, tío Paco y su mujer Cristina. Flores para Evelio, hermano de tu papá a quien tú no conociste. Empezó que le dolían mucho las piernas y un día le dijo a su mujer, ve tú adelante que yo te alcanzo, y cuando ella regresó lo encontró muerto. Y era bonito, unos ojos que tenía afilados. Por Maruca la hermana de tu papá (y mamá de Caridad), que siempre le daba un peso a tus hermanos. Por mi amiga Mercedita, por tus abuelos Pancho y doña Rosa, por mi amiga Delia (tú sabes que ella era amiga mía, aunque me hizo mis cosas y todo pero era amiga mía; ella me llevaba los platos de comida cuando cocinaba rico). Entonces, a ver... Mercedita la cuñada de Delia que estuvo enamorada de tu primo Carlos... y los que no me nacieron, las jimaguas mías, una de ellas con un velo de piel sobre los sesos, casi enterita.

Presencias enrarecidas, tenebrismo, fiesta fúnebre, arreglos mortuorios, fantasmas degenerados, muertos de pena, los once abortos, tropa de hermanos difuntos. Y la que murió loca ahogada en su sueño.

Miro los vellos de la cara de mi Madre. Los once abortos. Acerco la vela al rostro manchado por el sol, los años, los medicamentos, para verle bien la voz, calibrar la vida que le queda. El alfiler remienda el sujetador viejo, azul claro, cielo tierno, *made in China*. Y en el rezo va lanzando flores a la retahíla de nombres. Saltan de entre las inflexiones de su voz las flores dentro de sus nombres: claveles rojos, rosas rojas y rosadas, jazmín, gardenias, dalias, peonías rosadas, amapolas, nardos, crisantemos amarillos. Traigo flores nuevas anotadas en mi teléfono celular y se las muestro, las voy pronunciando despacio para que repita los nombres: rinanto rojo, sámara, verbena púrpura, azalea rosada, lavanda, violetas africanas, alhelíes, jacinto salvaje. Rinanto rojo, digo y ella repite, pausa en medio del gesto: ¿Y eso qué cosa es? Mira, una rosa *chinensis viridiflora*, es verde por una atrofia de sus pétalos, *rosa monstrosa*. No digas eso mi hija; no me gusta verde. Traigo flores de papel recortadas de las revistas de moda y diseño, origami de flores geométricas, rosaleda. Una flor digo y la lanza al rezo, rinanto sobre la tumba de tu hermana que lleva siete años muerta, y cae un rinanto amarillo encima de Bellita. En mi vida he visto azalea, ¿es bonita? (Pues en La Habana había jardines por todos lados, rosales lindos, olía a flores a colonia; luego todo olía a peste, a meado). Flores de almendro, cerezos en flor, blancos, rosados, morados, bromelia al borde del camino, príncipe rojo, príncipe negro a los lados de su altar en el cielo, flor mariposa, lirios, anís, margaritas, azahares, plumerias blancas, flor de loto, acacias, flor del paraíso, orquídeas de todos los colores, galán de noche para perfumar a tu padre y para que esté tranquilo con doña Rosa y tu abuelo Pancho. Tulipanes amarillos y rosados para mi abuelita Herminia, nomeolvides, marpacífico anaranjado para tu padre, amarilis rojos, claveles morados, rojos, madreselva, adelfas. ¿Amarilis tu vecina? Porque es una flor. ¿No me digas? Sí, ¿a quién más? Ah, tu tío Carlos, tanto que lo quería porque todos se burlaban de él, que era el más bajito. Cerezos en flor, rosados, blancos, glicinas rosa-púrpuras, densos racimos de rosas, alfombra hermosa de flores de colores vivos. Claveles rojos para mi hermano Carlos –a mí me gustan amarillas, moradas, colores alegres; a ti todo blanco. Por mi hermano Dagoberto, mi hermano Mauricio, mi hermano Tato (que en verdad se llama Wilfredo). ¿Qué tú crees? Éramos ocho, más las dos que murieron y mi hermanita Gudelia.

Riega caminos de flores y oro –traigo verbalmente confeti de colores y nieve de mentira, estrellas caídas–, deseos y conjuros contra la pared y el televisor encendido, todo arrojado a los pies del Santo Padre y la Santísima Virgen custodiando el más allá, y a San Lázaro, Santa Bárbara, San Judas Tadeo. Encima de santos, parientes muertos y vivos caen flores y avemarías chamuscados, chorros de luz y cascadas, mariposas tornasoladas. Diariamente después de la cena, antes del programa de Bingo en inglés, dedica una media hora a rezar. El ritual incluye a todos los familiares vivos y una larga lista de muertos. Por todos un pedido específico, a todos un cuadro de luces en el cielo, estampas floridas y deseos, una alfombra de flores que dibuja con la imaginación moviendo los brazos como si ejecutara un *taishi* fantasmagórico. Lo hace a solas o con visita; se abstrae y comienza hablarles, a bracear lanzando flores y mirando invisibles. Danza espiritista rara con la que va encomendándose y encomendándonos a un Dios improbable allá arriba.

Dejarla que no coma —en su desgano, que es lo que le pide el cuerpo—, ahora que la neumonía la ha debilitado y ha perdido completamente el apetito, no insistir, no alcanzarle lo poco que le apetece y que consume si le ruego, si hablamos de otra cosa mientras le alcanzo el bocado: un coco glaseé, una croqueta de pollo, una papa rellena, pan recién horneado, suave y crujiente, tibio aún. No insistir en que beba sabiendo que se ha deshidratado debido a las grandes dosis de diurético que recibió en el hospital, la piel arrugada y seca pegada a los huesos. O dejarla en la cama todo el día, jadeante, convertida en un ovillo frío. Asistir a su agonía. Dejarla enfriarse hasta quedarse quieta.

Cae sobre la cama desfigurada como si hubiera caído del tercer piso, tan fría como un pedazo de hielo. La observo y la estudio: es el paradigma final de nuestra especie, la desfiguración que exhibe nos alcanza a todos, la muerte grosera que nos gasta y nos deforma en la mueca desencajada de su rostro. Aquí estoy sin guantes, ayudándole a defecar con el ano obstruido.

Lleva días estreñida con el vientre hinchado y no tiene fuerzas para expulsarlo. Genoveva de Brabante y la épica del desmadre.

Tú no vas a ser la más santa, dice, y me mira con desprecio, como si fuéramos enemigas desde hace mucho tiempo. La pillo mirándome así. Cuando era joven me miraba así y verbalizaba su desprecio, pero desde que es una anciana y depende de mí casi nunca se le escapa esa mirada. Puede ir de esto a lo maternal y yo cuelgo de ese péndulo. Es tóxico su desprecio, abre el desfiladero y me abruma, me envilece. Los brotes breves de su desprecio me hieren por días; cargo su desprecio y luego se me va desprendiendo como costra de sal. Antes decía, tú eres anormal, tú no naciste bien, tú eres una puta, te ibas de noche y yo te tenía que ir a buscar, cuando me fui hiciste lo que te dio la gana, no guardaste tu virginidad, tú te acostaste con hombres…, y escucho a la hermana torturada torturadora repitiéndolo, oigo salir de su boca el dictamen de mi Madre, superpuesto una y otra vez a la mayor amenaza.

Pero no soy lo peor, ni siquiera ciertas ligerezas que he vivido a sus espaldas nos igualan. De su boca sale tal maledicencia y modulo su poética: esto te lo hago porque pudiste haber hecho esto y no lo hiciste, porque no pensaste que yo podría, por eso te hago esto, esto y esto, por esto, por esto y por esto otro –fluye la retórica amarga. Perduran por días las frases hirientes, como fardo su mirada y su desprecio escabroso, hasta que escribo un verso y me limpio la sal de ese mal. Tú no vas a ser la más santa, dice, y me embarra de ese mal. Tú no vas a ser mejor que todo el mundo.

Se le va cerrando una llaga en la pierna y más abajo brota otra virulenta, con tal malevolencia que todo alrededor de la herida se torna rojo oscuro. Surgen de adentro el azul violento, el violeta tenebroso, y van cerrando en negro que es tejido muerto. Tomo medidas sanitarias: la baño sentada con la pierna cubierta, limpio las heridas con agua destilada y unto dos pomadas antibacteriales; luego las cubro con gasa fina para que respiren. Y esa pierna lastimada, violácea de la rodilla para abajo, chorrea una furia contra nosotras. En medio del curetaje suspira apesadumbrada; calculo la trepidación de la caja torácica, del estómago, de los pulmones con agua. Ah, si se dejara llevar en un soplo por la furia de la llaga.

Ahora es una anciana de noventa años, pero fue joven y arrogante; luego fue medio tiempo, curtida por el sol y el trabajo duro, y fuerte así, en pleno uso de sus facultades, se decantaba por la hermana torturada torturadora que no paraba de hablar. Puede que a mí me sintiera como una culpa, aunque no entendiera el secreteo de su inconsciente. No me defendía de los golpes o me pegaba, me echaba a las golpizas que dictaba la hermana torturada torturadora. O me echaba al padre de las manos bonitas. Dale golpe Alejo, decía, dale para que no se pierda y no le coja la noche por ahí mataperreando. La hermana torturada torturadora me inculpaba con cualquier cosa y ella que ahora es una anciana, le creía o le quería creer y me pegaba más y más duro con las manos y con lo que hallara al alcance; o hacía que me pegaran, con cinto, con chancleta de palo, con los puños. Por eso siempre tengo a una hermana torturada torturadora arañándome el rostro, gritándome insultos, acusándome de lo peor. Por eso siempre tengo a un hombre mayor golpeándome en el estómago. Un hombre mayor con la cabeza como una nube que me está matando a golpes. Los puños que vienen de abajo chocan contra mis costillas refrenando su fuerza enorme, sacándome del aire. Se me nubla la vista. Siempre me está matando y me corre la vida por los ojos cerrados, como una película. Aunque a veces nos intercambiamos los roles y soy yo el hombre mayor que está matando a golpes a la niña. Porque cuando nos están matando aprendemos a matar.

El tapaboca que corta la respiración,

el tapaboca con pimienta machucada por decir malas palabras,
los cintazos,
la paliza,
el palo,
los chancletazos,
la chancleta de palo,
la fractura de las dos clavículas,
el cocotazo,
la bofetada,
el puñetazo en la cabeza,
el puñetazo en el estómago,
el trompón que alcanza el ojo,
el puntapié por el culo,
las patadas a los muslos,
el jalón de brazo,
el jalón de oreja,
el jalón de pelo,
el pellizco,
el arañazo,
ser lanzada por el aire,
el empujón al piso,
el acopio de fuerza en el golpe,
las tumefacciones,
los moretones marchitos,
los chichones,
las contusiones,
el ojo abultado,
la boca partida,
las comisuras rasgadas,
las clavículas mal soldadas sin asistencia médica,
la magulladura,
las tumoraciones,

las cortadas,
el diente flojo,
el tornillo enterrado en la carne,
la uña levantada,
el ojo vendado,
la nariz tupida de sangre,
la cojera,
el hombro lastimado.

¿De qué soy depositaria? ¿Qué nos hace la sangre? Siento miedo por su vida, un miedo abisal como el que sentía ante el chantaje de la hermana torturada torturadora gritando, burlándose de mis genitales delante de las amiguitas del barrio –el mismo esfuerzo sobrehumano por escapar de su trampa, del palabreo bochornoso, y el deseo angustiado de huir al paraje íntimo. Un deseo desalmado de que muera de una vez, de borrar las palabras del cuento, un temblor. Mi Madre me ha degradado y se lo voy a cobrar porque mi amor es tan desgraciado. Tú eres una descarriada, dice, tan anciana que pudiera ser mi abuela. Por eso cuando ella muera yo seguiré aquí pero mi vida habrá alcanzado su límite y tendré que inventar otros abismos.

En nuestra relación está claro que yo soy mejor, más limpia. Los otros tres hijos se le malograron. Cuando he perdido los estribos ante la penuria, ante el desastre de su cuerpo, ante una desobediencia médica de ella o un favoritismo con la hermana torturada torturadora, he percibido la chispa de placer en su mirada, por mi caída. Tan necesitada de mí, se aturde. Somos malas mientras dura. O no somos tan malas ninguna de las dos. Tú no vas a ser la más santa, dice triunfal la mirada. Escribo:

Con el cuchillo al cuello, una mujer que pasa por la cuchilla, una cortada en el muslo, otra en la muñeca, gente como tú que se detiene y se corta un tajo, te ve sangrar del pie y te nombra, la asesina de su Madre, una pastilla mal administrada, un hilo de sangre por la nariz, espera unos minutos inmóvil llenándote los ojos de ese valor de dejarla ir, cortas el cordón.

Le aflora la desvergüenza cuando habla de hombres: el labio inferior se alerta, sube el mentón victorioso de una mujer que fue muy bella. Mira qué guapo ese hombre, es un hombre bonito, dice apuntando hacia el televisor. No sabe lo que dice. Ni qué le gusta en el hombre esposado de pies y manos. Porque hay algo en el crimen que excita. Algo que nos hace señas, nos enturbia. Tumultuoso como una agresión inminente. Entrenada a bajar a lo más oscuro del pensamiento, me hago un mapa mental del crimen contra la niña adoptada y me voy excitando, voy resbalando a esa hondura. La adrenalina que produce la sumisión manipuladora de la niña adoptada. Y oigo los gritos como de animalillo enjaulado. (Siempre soy la víctima ávida bajo el rostro espeluznante que me apura en ácido).

Hallo una turbación viéndola a ella admirando al hombre en el banquillo de acusados sosegado en su ignominia, animal atrapado, momentáneamente a la altura de mi desgracia. Pero no hay abatimiento porque ella no entiende inglés. Su impudicia no la degrada; ni sé qué siento. Nosotros sí somos salvajes, cabalgamos en los trenes, sobrevolamos las ciudades, completamos carreras universitarias, educamos a las nuevas generaciones, nos depilamos, evitamos la carne roja, pero rugimos en soledad. Como si hubiéramos llegado al mismo lugar por caminos opuestos. En la pantalla del televisor hallo un malestar que no apacigua: siento que me hago chiclosa como si fuera de plastilina, o que me desmiembro en píxeles como una imagen digital que desaparece, o soy la hija del asesino apurada en ácido sulfúrico y voy desintegrándome en retazos calcinados, detrito orgánico.

En la Corte de Miami Dade, con las extremidades al descubierto y encadenado de pies y manos, él lleva esa carga siniestra.

La bestia que no alcanza a ocupar su lugar en la manada. La cámara lo presenta tal cual: el culpable que esperará la silla eléctrica por el asesinato de la niña, la tortura sostenida, el abandono y el maltrato, el desmembramiento en ácido sulfúrico de la niña desnutrida, desgreñada y sucia. Ácido sulfúrico sobre la piel mullida por el hambre y los huesos magullados, los dientes amarillentos y los ojos aterrorizados de la niña que había sido adoptada con estos propósitos. Desde el banquillo de los acusados mira a la jueza. Pero hay que ver sus brazos largos y musculosos, los tendones y los ligamentos a la vista, la barba de tres días y la desvergüenza terrible, el pelo largo y oscuro hacia atrás, el desparpajo impersonal de su rostro angular y hermoso; constatar en su rostro indomado que la evolución es una ingeniería ciega, que fenotipo no es genotipo. Sincero como un recién nacido, perverso polimorfo ante el que mi Madre se entusiasma. Yo, animal domesticado, rujo hacia dentro en las entrañas por la propia caída, por la caída de mi anciana Madre en el pozo de la degradación y la muerte, por lo desvivido, lo incompleto, por lo olvidado y por todo lo que la vida nos arrebata. No me miento sobre lo que nos une a él. Mi Madre, el asesino y yo somos fenómenos de circo.

Cuando ella muera seré más libre pero también más sola. Y el dolor de esa libertad no me abandonará nunca. Nunca que apenas dura una vida. Descorchamos en cuanto cae el sol –yo tan presta al vino. Advierto con parsimonia, mientras corto pepinos con el cuchillo afiladísimo: me aproximo demasiado al arma homicida. Me acerco demasiado a la muerte, tengo un mal de Madre, la sangre aguada; déjame envolverlo a ese mal, que hay una culpa negra en el fondo de mi copa, como si la matara de nombrar su muerte. He representado su muerte a ver si me calmo. La hice morir sobre el escenario. La ahorqué en *Madre nuestra*, noche tras noche, mientras duró la puesta. Hice que se subiera a una silla y se suicidara ahorcándose con una soga invisible, sacudida por los brutales estertores. Quedaba colgada bajo un cenital de luz que yo manejaba desde un punto ciego encima de la sala de butacas, acentuando con un foco seguidor la desfiguración del rostro. Luego un oscuro total de veinte segundos. La imagen en un puño: ella colgada del techo, la lengua afuera y los ojos desorbitados, un cenital brillante sobre su cabeza encarnada mientras se balancea en el vacío, cuando la luz tenebrosa la duplica como títere de sombra.

Puede apresurársele una muerte. Por ejemplo, el conductor hace una pausa como si fuera a estacionar, entonces puede arrastrársele mientras ella, creyendo que ya habían llegado a su destino (¿llegado a su destino? ¿qué duda cabe?), abre la puerta del pasajero e intenta salir del auto. El conductor acelera atormentado por las órdenes y la perorata incesante de la hermana torturada torturadora y mi Madre rueda fuera del vehículo. La sangre sale acelerada de su cabeza (toma un anticoagulante). El charco de sangre expandiéndose alrededor de su cuerpo tendido sobre el asfalto. Parece muerta allí mismo. Sollozos entrecortados sobre su cuerpo inerme y gritos de auxilio. O puede demorársele la asistencia médica. Aterrorizada por la negligencia, llamar después de un rato. Porque una, envilecida por las circunstancias, necesita insistir en su desaparición. Son eventos que se suceden y de los que no hablamos con nadie. Los ocultamos de la vida pública pese a que las imágenes nos acosan por días; cada atardecer vienen a atormentarnos, cada noche entre el agotamiento y las preguntas, detrás de los comportamientos habituales, asoma ese abismo coartando las conversaciones y de pronto un ahogo, un vahído perturbador, la huella palpable del tugurio de la mente: su ruina. Ella orinada y defecada, bañada en sudor y debilitada, la pierna llagada, la mandíbula caída y temblorosa, recostada a mi espalda torcida, conducida por mí con la cabeza envuelta en un pañuelo enchumbado en sangre, dejando tras nosotras trazos de heces, orine y mucha sangre. Porque yo siempre la arrastro a la vida.

Ya en Emergencia le inyectan anestesia local primero, luego lavan la herida con agua a presión. Ella está consciente, sentada en la camilla, quieta y atenta al trajín en su cabeza. Entonces el médico, ayudado por la enfermera, con las manos enguantadas de azul, va desaguando la cabeza, hasta que seca con gasas y engrapa bruscamente. Le esperan malas noches; ha de dormir sentada.

La rodeo con los brazos y aprieto su cabeza lastimada contra los huesos de mi pecho; el tajo está en el centro de un círculo afeitado, suturado con cinco presillas de metal y hay sangre acumulada debajo, sangre vieja que el cuerpo irá drenando, algunas gotitas y trazos de sangre le manchan el suéter blanco a la altura de los hombros, hay sangre semiseca sudada y olor a perro muerto ahí. Y la abrazo fuerte contra mi pecho, la atraigo al pecho y la comprimo, presionándole los puntos de metal que tiene en la parte trasera de la cabeza; ella pega un grito terrible, se aparta y me interroga con ojos fieros porque no sabe si la quiero matar. Se recoge en el sofá asustada como una coneja, recuperando el aliento. Me laten las costuras. ¿Qué tengo yo en el pecho plano sino una infancia de imágenes en tránsito? ¿Qué tengo sino una pobreza indigna, una cuchilla Gillette, una sierra mellada, un cuchillo oxidado y sin mango, un paludismo emocional, unos tornillos en las caderas, un metal implantado en mi columna vertebral que dialogan con los puntos en su cabeza?

La idea se me descompone. Tengo su muerte metida en la cabeza, convulsiva, entre ceja y ceja. Abyecta, baldía, tumultuosa, tengo su muerte encima. Quiero llevar la contraria, faltar a las formas y lo hago malignamente y esto me aniquila. Aprieto los dientes y la mente corre. Su muerte viene hasta del pasado, y hay otra muerte suya en mi cabeza; estoy ridícula ante el espejo, agitada. Por eso cuando muera ya habrá muerto. Pero hoy no he agotado todas sus muertes.

En el presente de aquel pasado tengo doce años y tengo otra muerte en los ojos: camino las calles del barrio con el sol encima, no puedo contener mi agitación ni comprendo lo que sucede. Hay pisoteos, palabrotas, una paliza donde varios hombres caen sobre alguien y a cierta distancia de la escena una mujer que grita o ladra o incrimina a quien está siendo agredido, y hay un ojo sobre el asfalto, sanguinolento, perfectamente redondo sobre el asfalto gris y el polvo de la calle. Asaltan a los que se van del país. Jimmy Carter ha dicho que los recibe y han abierto el puerto del Mariel. Las casas de los que se fueron tienen un sello del gobierno en la puerta de entrada. Hay casas con puertas y ventanas tapiadas y hay huevos estrellados contra las paredes resecándose y cuarteándose al sol. Un país se revienta miserable obedeciendo a un discurso amotinador. Corren grupúsculos por las calles, caen los crepúsculos sobre el sigilo de los que se van y de los que los vigilan, y hay rescoldos de luces anaranjadas y azules. Se cruzan militares, civiles, gritos y algarabía en un día del mes de mayo de 1980. Automóviles estatales patrullan, cierran el paso. No debo mostrar ni un ápice de indignación; una desgracia no poder sentir nada. Y a mi Madre se le ha ido la cabeza.

En el futuro de aquel pasado escabroso está mi Madre con un abismo y un cielo abiertos. Entonces se le iba la cabeza; abismal dejó la mía. Me arrojó a la metáfora y he de vivir en ella. Tengo una joroba que le pertenece, es su obra, toda suya –por no torcérseme el alma se me torció la espina dorsal (¿acaso ambas?). El cielo se me abrió bajo los pies, encima, a los costados, como cielo Madre, imperecedero, cielo en el que caer de tajo. Sus limitaciones expresivas que hago mías. Tengo una sexualidad por ella, y he de agradecerle, traspiés incluido, esta riqueza. Soy carne de metáfora suya. Un deseo espurio, una extrañeza del deseo, un deseo indeseable, y por ello abrumador; ahí, en las letras cae ese deseo, armándose, ensuciándolo todo como agua pútrida. Se lo atribuyo. Clitoromegalia no es necesariamente un problema hormonal. A causa de aquellas inyecciones que tal vez afectaron las glándulas suprarrenales, mis genitales sugieren una intersexualidad. Mi Madre.

La Habana sentimental

Si yo te dijera que Pablo Manicaragua me gustó más que ninguno, pero nunca se lo dejé saber. Y Alfredito Mole, el hermano de Alicia Mole, donde yo trabajaba, un día estaba yo de espaldas y él me abrazó, acabadito de bañarse, tapándose con la toalla me vino arriba. Pero no recuerdo con cariño nada; no me lo supieron dar a mí, para qué voy a querer y dar cariño al que no se lo merece. Porque yo ganaba dinero y a mí no me importaba hombre ni un carajo. A mí nunca me enseñaron cosas de hombres y mujeres; mi madre sí decía que no me dejara tocar de hombre y nada más.

Me coloqué la primera vez a los once años en casa de Otilia –el marido era mulato y dentista y ella era blanca; tenían una niña. Le limpiaba y le fregaba, le hacía de todo. Si lo que daban era 1.50 al mes y yo llevaba lo que me daban de comer. Vivíamos muy pobres porque mi papá jodió a mi mamá cuando se agregó y les maleó la finca a mis abuelos; siempre echado y no trabajaba, andaba con mujeres. Pasamos mucho trabajo; con lo que yo ganaba me vestía, me calzaba y le daba a mi mamá. Comía allí y dormía en mi casa. Me colocaba donde estuviera mejor. Alicia Mole me trataba muy bien y yo le cocinaba –desde chiquitita supe cocinar rico. Trabajé en casa de Lolita Díaz –casada estaba con Pepín. Y en Sancti Spíritus en casa de Argelia Gómez.

Había guateque en todos lados y yo era bien encabada; los hombres me hacían señas. Pero yo no tenía ideal de casarme porque me gustaba el baile más que nada. Iba de baile desde los quince años, en Guayos al Liceo, a la Feria Ganadera, en Cabaiguán a la Colonia Española y a La Sociedad El Progreso.

No era muy amiga de tener novio porque me gustaba más el baile y con novio no se puede. Por eso Alfredo Campanioni me forzó; pero ése no tenía nada entre las piernas. Cuando volví a probar otra vez, al tiempo, seguía señorita. Alfredo era primo de mis primas que vivían en Las Charcas. Yo tenía diecisiete años y vivíamos en un callejón y las gentes me traían hasta mi casa cuando se acababa el baile, pero él me esperó en el callejón. Se quitó el saco y se me tiró encima, y mi mamá vivía ahí mismo, imagínate si yo gritaba la que se armaba. Me quedé quieta. Si tenía novio me gobernaba y a mí no me gustaba que me gobernara nadie. Figúrate que mamá se fue con uno a los catorce años y la obligaron a casarse.

Otro fue uno de Zaza del Medio, Elías Hernández, era cieguito y nunca lo vi sin espejuelos. Era trigueño (me gustaban los trigueños y para que tú veas me casé con un rubio), y tenía una boquita linda aunque veía mal. Después yo me fui de Zaza del Medio y él fue hasta casa de Carlitos Quintero, mi primo, preguntando por mí. Estuve con hombres –para qué te voy a decir que era una santa. Yo no sabía que del contacto entre hombre y mujer salía un hijo. Si tú supieras que mamá nunca me enseñó eso.

En Jatibonico conocí a Chicho Tellería y por eso me fui para La Habana. Tremendo macho, sin embargo no daba hijos. En La Habana ennoviábamos. Era un tremendo pollazo, uy, un cuerpo; me compraba pollo, masarreal, churros. Un tipazo del carajo; trabajaba en el central y vivía en casa de las Vives. Chicho era de Jatibonico pero vivía en La Habana; tenía una vidriera de boletería cerquita de Sears y la hermana se la llevaba. Chicho no preñaba, era estéril. Se enamoró de mí y a mí no me interesaba antes casarme. Tremendo romance.

Fíjate que yo me fui sola a La Habana con la gente de El Agrimensor, colocada con la madre del jefe. Una conoce a mucha gente, mija, y yo era salpicona, iba detrás del contento grande que da el baile. Y en La Habana en la Playita del Vedado –La Sonora Matancera tocando toda la tarde. Yo me moría por bailar, con varios hombres bailaba sin cansarme, dando vueltas. Se volvían locos conmigo. Vine en la guagua Santiago-Habana, desde Jatibonico hasta Santiago primero. ¡Ay cuando vi las luces por la ventanilla! ¿En qué año? Figúrate, jovencita, tendría unos diecisiete o dieciocho. No puedo acordarme...por el 42, sí, 1941 o 1942. Yo muriéndome por conocer La Habana, mientras trabajaba en el ingenio, en casa del agricultor que tenía la mamá en La Habana. ¿Tú sabes lo que era aquello? Era muy importante, la sabía preciosa, y yo no tenía manera. Si no es por el dueño del central que tenía a la madre allí. Soñaba como una boba con irme para allá. Pues él me dio la dirección y arregló todo. ¡Quería tanto irme a La Habana y cumplí mi sueño! Es así como me coloqué con la madre del agricultor, cerquita de Monte y Compostela. Soy tremenda. Pero ella nada más me daba doce pesos y en La Habana se pagaba más. Trabajaba mucho por doce pesos; estuve tres o cuatro meses y me fui. Luego me coloqué con un cónsul; yo tenía una amiga de Jatibonico (que fue novia de Joseíto el que se murió en el ingenio), trabajando ahí y me coló. No te ocupes que me la busqué siempre; ganaba treinta pesos y mi día libre me iba a bailar –y que yo era bailadora de verdad. ¡Lo que era La Habana! Me la soñaba allá en Jatibonico; La Habana me pone sentimental. Ah, por eso me da mucha lástima contigo, porque lo que yo viví, lo que yo viví... tú no lo has vivido jamás. Tú ves todo lo que tú has hecho de bueno y bonito, nada puede compararse con lo que era La Habana: la música en todos lados, los clubes, la pachanga de artistas, la felicidad de las gentes. Eso tú no lo has vivido jamás. ¡Ay hija lo que perdimos! Lo primero que se acabó fue la comida, luego las piezas de repuesto; después se acabó la pachanga, la fiesta verdadera, la alegría, los artistas nuestros y los programas lindos de televisión, los anuncios; detrás vimos cómo se iban del país o los metían presos o los fusilaban; luego cerraron los negocios, se perdió la propiedad, se perdió la vergüenza. Antes te decían señora por aquí, señor esto; después era compañera esto, compañero esto otro. ¡Compañera la madre que te parió! Vivimos lo invivible pensando en qué comer. En tu tiempo llegaron los rusos con sus latas de carne rusa y sus compotas de manzana. Nos llevaban al campo en camiones, como ganado, pero no podíamos llevarnos ni un maíz ni un plátano para la casa. Nos desgraciamos.

Como un año y pico o dos estuvimos Chicho y yo arrimados noviando, pero no se puso a vivir conmigo. No hablo muchas cosas. Sufrí mucho. Mi familia me mata si se entera de lo que pasó. Yo vivía colocada; él vivía en un cuarto en el solar donde mismo vivía la gente esa que me metió en problemas. Figúrate qué.

María García, una de las Vives, me embullaba a salir a la playa. Yo no tenía ni ganas de salir ese día. Quiso que fuera con su amigo y el tipo era chulo. ¡Me metí en un lío! Da la casualidad que el tipo vivía donde mismo vivía Chicho y se regó la voz. Me escapé de la casa al día siguiente pero ya me habían desgraciado. Me desenredé. Las Vives de vengativas hablaron muchísimo de mí. ¿Qué pasó? Que querían que yo fuera puta. Me presté porque tuve que dormir una noche ahí, si no tenía a donde ir. Pero aquello me dolió mucho para toda mi vida, me frustró. Porque yo era buena y me pegaron gonorrea. Me tuve que poner lavados de permanganato de potasio y mucha penicilina. Los dolores que pasé como de parto, podrida allá abajo. Dios me ayudó. Cuando caí con la regla y vi lo mal que estaba… tenía diecinueve años y hasta menos.

¡Varios hombres Dios mío, todos en una noche! Caí en una desgracia. Caí en mala compañía sin saber nada. Qué vergüenza. Y me pude sacar de ahí, irme —yo no estaba hecha para eso. Fui para la calle sin saber dónde estaba, ni un chalina, con lo que tenía puesto, y me dije, aunque duerma por ahí o me recoja un automóvil. Entonces vi a un marinero que vivía enfrente y me ayudó, me llevó a casa de una señora que conocía a mi papá, Aurora Villaldea. Porque Dios es grande. Me dijo, no te ocupes que no te va a pasar más nada. Ese marinero fue muy buena persona, y yo le conté lo que me había pasado, que me querían meter a puta y me habían violentado. ¡Qué casualidad! Dios me lo puso ahí. Él me consiguió un trabajo con Aurora y se me abrieron las puertas en La Habana. Aurora me pagaba doce pesos al mes. A ella le hice un mantel bordado, un mantel de punto, con bordado chino. Yo fíjate que ni al cine iba, después de aquello me veía la vergüenza; como por cuatro o cinco meses no puse un pie afuera, me quedaba bordando. Dios me ayudó. Me dolió mucho para toda mi vida. Ya no escribas de eso.

Con tu padre fue distinto; lo reconocí en una parada de guaguas, digo, como era de Guayos yo le respondí el saludo porque nos conocíamos de vernos (el papá de tu papá tenía la panadería en la piquera de Guayos). Yo tenía veintitrés añitos y trabajaba en J, en El Vedado. Después de la parada él enseguida me invitó al cine. Muy atento y fino; ahí empezamos a salir… y después un día se fajó conmigo y me dio un cachetada. ¡Y te iba a decir a ti! Le dije, a mí no me hables más, fuiste muy atrevido. No le hablé como por un año. ¡Cómo me va a hacer eso a mí! Se disgustó porque le dije que no tenía ganas de salir, que me sentía mal, siendo mentira, cuando en realidad quería irme a bailar con Arcaño y sus Maravillas. Él se escondió detrás de unos arbustos y me vio salir de rumba ¡Y lo bonita qué iba!

Pasó el tiempo y María García me puso las manos de tu padre sobre los ojos, como la gallina ciega, para que lo perdonara. Es que a mí nunca nadie me había hecho eso de meterme una cachetada, y por gusto, porque era muy celoso, celoso que yo no podía mirar a ningún lado y yo me vestía bonito, nací con salsa, llamaba la atención.

En la piquera de Guayos donde están las máquinas y todo, había unos elevados, pues ahí tenían tus abuelos panadería y dulcería. Dice tu padre que él me veía de chiquita por ahí merodeando la panadería de ellos y me decía, váyase para la casa que ya está el ciclón llegando y va llover mucho. Y que yo miraba el cielo a ver si era cierto. Iba a ver lo que se caía, figúrate, muerta de hambre como estaba. También iba al cuartel a buscar comida en una cajita que el cocinero de ahí que se llamaba Luis me guardaba. Como catorce o quince años tendría. Y mamá comía y mis hermanitos chiquitos y todo. O me robaba una gallina suelta, con un saco, así, le torcía el pescuezo.

Nos casamos en la Revista Bohemia (que estaba por Prado), tu padre era empleado de Quevedo el dueño y se casaban allí todos los empleados de gratis; era un edifico muy bonito y nos tocaron las campanitas. Todos los maquinistas de la estación de trenes de La Habana también lo hicieron —casi todos eran juntados. Ay si Bellita y Alex eran grandecitos ya y estaban allí —yo siempre los tenía lindos. Después Alex me preguntaba, mamá ¿dónde está el saquito mío? Porque ese día le sacamos la ropita de una casa de empeño y después lo devolvimos todo. Los zapatitos de charol con mediecitas blancas. Pero mi vestido verde de mangas embuchadas me quedaba tan bonito. Y me peiné en la peluquería un peinado alto; yo estaba monísima en ese tiempo. Alejo me regaló una sortija doble que no era buena —él no tenía tanto dinero—, era de plata. Pero después se pusieron prietos y a mí no me gustaba nada que se pusiera prieto; tenía el solitario y el otro, los dos juntos. Yo estaba contenta y tu padre genioso como siempre. Me arreglé en la peluquería y claro que me demoré, y así y todo fuimos los primeros en llegar. ¿No se va querer casar?

De tu padre me enamoré de la manera de ser que él tenía; me gustaba que fuera así. Un día fuimos a su cuarto y me arrojé en la cama; él tenía un cuarto arriba en la azotea en la calle O, cerquita de La Rampa, y como no tenía sobrecama le dije, ah no, si vamos a estar aquí hay que poner sobrecama, y la compró enseguida. Tu tía Nena fue con tu abuela allá al cuarto y ahí nació Bellita. Acuérdate que tu papá cantaba bien. Me acuerdo cuando se casó Layo –que tocaba la guitarra que era un lince– y tu padre cantó tangos y otras cosas; tenía buena voz. Él me decía, vaya para el cuarto a cuidar a la niña que ya usted tiene una niña. ¡Pero otras habían parido hasta tres y estaban en la pachanga!

Ya estábamos compenetrados; imagínate, nos enamoramos y salí en estado enseguida. ¡Ay, tremendo! Nació tan linda; era una muñequita. Yo había salido encinta como tres o cuatro veces y me los había sacado, pero ésta lo quise tener (a mí me gustan los niños). Tenía veintitrés años. Crecía y hacía así como un gusanito adentro y se movía, ay sí, y después como un calambre. ¡Me salió un calostro en los senos que se estaban limpiando! Al que no le pude dar del pecho fue a Alex, porque estuve muy grave y casi me muero. Tenían que haberme hecho cesárea, pero en aquel tiempo. ¡Me montaron los pies en un estribo! Me lo botaron como que estaba muerto y yo que estuve dos días de parto. Me dijeron: está muerto. Les dije, ¡cójanlo carajo y enderécenle la legua y denle dos nalgadas!, y enseguida empezó a llorar. ¡Si los médicos tenían hasta aquí de sangre! Pesó ocho libras y media y yo era flaquita aquella vez; aunque no era por flaquita, era porque el hueso mío era pequeño. Venía de cabeza y tuvieron que operarme; fue más malo que cesárea lo que me hicieron a mí; las piernas eran unas macetas de hierro. Muchacha, tenía puntos de plata aquí cogidos, de los otros puntos también; fue tremendo. A Alex no lo pudieron bañar como se baña un niño, la cabecita estaba pegajosa, no sé, no me lo bañaron; la gente es así. Y una viejita de Pinar del Río que yo ni conocía, un alma de Dios, me dijo, te lo voy a bañar, y lo agarró y me lo dejó bañadito, le quitó todo aquello, lo entalcó. Ocho libras y media pesó, el más grande de los míos. Luego le daban leche especial porque yo no podía; ni moverme podía, me hacían de todo. Estuve diecisiete días y me acuerdo que Orestes –yo lo quería a tu tío– me trajo una faja igual a la que tú tienes. ¡Qué peste a rayos coge por dentro! Fueron tu padre y tu tío a buscarme, y como Quevedo le había regalado cien pesos a Alejo, él me compró una sobrecama de lo más bonita –llegué a la cama tendida. Tu papá le había comprado la cuna y Bellita estaba en la casa con Pilar mi hermana cuidándola. Pero Pilar me decía pesadeces. La cuidó, sí, pero ¿ayudarme ella? No era tan buena nada, quiso un pulóver mío y se lo llevó de todas maneras; quiso unos espejuelos y me los robó también. Pero me cuidó bien a la niña –si era una muñeca Bellita, ¡qué linda era con dos añitos! Fíjate que cuando Rosita Quevedo la vio le hizo regalos. Alex era precioso y yo loca por tener un macho y lo tuve. Tu padre da niños lindos, una piel muy linda, todo el mundo no tiene esa piel. Con los dos en la casa, mis tesoros, pues yo hacía comida y todo; en una silla ponía el cubo y limpiaba; tu padre me ayudaba a limpiar debajo de la cama. Y las gentes que venían a mi casa en lugar de ayudarme venían a comer nada más.

Si tú supieras que entre Bellita y Alex tuve a otra prematura que no pudo ser porque yo no tenía fuerza adentro, hice mala la barriga. Yo la estaba salvando hace tiempo pero una noche me entraron unos dolores. Si después del parto no vi regla ni nada; fue malísimo, no aguantaba nada en mi vientre. Le faltaba un poquito para los cinco meses; era una muchachita así de grande. Me mandaban a estar a acostada pero con una recién nacida. ¿Sabes lo que hizo tu papá? Llevarme a Miguelito, el hijo de Oscar, cuando me mandaban a estar acostada y hacer reposo, porque la madre lo tenía en una cajoncito lleno de moscas y todo, y a él le dio lástima. Pero ese niño tenía diarrea –la mía, como todos ustedes, cagaba un mojoncito normal, pero el otro tenía unas diarreas que se lo tuvimos que llevar al médico y curarlo, darle leche evaporada y cuidarlo hasta que se puso bueno. La madre estaba tuberculosa; había estado en Topes de Collantes curándose –si las desgracias vienen juntas todas. El padre lo vino a buscar un día antes que ella muriera. Años después me dio gusto cuando Miguelito se casó y tuvo cinco hijos monísimos. Pero Bellita era gordita y yo estaba mal y tu padre me decía cállate, y tú te crees que yo me quejo porque quiero. Me sentía los dolores terribles y él tenía que trabajar. Yo estaba gordita con el embarazo pero estaba floja. Algo me olía mal porque después de cuarenta días de parida una tiene el periodo y nunca me vino. Por eso mismo la perdí, porque estaba muy floja todavía. Tremendo lo que pasé. Me afectó que por aquella época se murió tu abuela Rosa y yo le tuve que dar la noticia a tu padre. Igualita que tus hermanas, así de este tamaño, una niñita que boqueaba y todo, pobrecita –la hubiera querido tener. Y una cantidad de leche en el pecho desperdiciada que para qué.

Qué cosa la vida. Se le veían las paletitas, la cabecita formadita, casi cinco meses; salió viva y vino a morirse. En la calle Línea, Hospital América Arias, me pusieron una inyección en el muslo y la boté enseguida. La hubiera querido salvar pero era otro tiempo –porque después que los tengo los quiero. Se me salió fácil; era igualita a ustedes; me dio un sentimiento. Figúrate si estaba lista que tenía una cantidad de leche que las toallas puestas aquí se empapaban. Ahí en el hospital había una negra que estaba seca, que había dado a luz a una negrita y yo le negué la leche. Mi mamá me había enseñado que con los negros nada, de fuera a fuera; pero me lo sentí después. Estaba seca y yo llena de leche, amarrada a una cama. Ay Dios no quiero hablar de eso, bastante fuerte que he sido con todo lo que he tenido que cargar.

Casarse no es nada. ¿Cómo con dos niños no me iba a querer matrimoniar? Era darles el apellido. Ellos eran grandes ya cuando nos casamos y en la boda corrían en la Revista Bohemia como si estuvieran en una fiesta. 21 de diciembre de 1959. Yo me había comprado ese vestido de terciopelo verde, era mío, y tu papá hizo así y lo tiró en el inodoro y haló la cadena, lo ripió en pedazos cuando supo que Miguel Ángel Quevedo, el director de la Revista Bohemia que fue testigo de la boda, se había asilado en Venezuela huyendo del comunismo. Todo el mundo de blanco y yo de verde ¡porque me quedaba lindo! Tu padre se encabronó y rompió hasta las fotografías de la boda. ¡Y más bonita que quedé! Pero ese día se cagó en mi madre porque me demoré en la peluquería, así y todo fuimos los primeros en llegar –todos los empleados se casaban ese día. ¿Cómo no se iba casar y poner los hijos legítimos y todo? Quevedo fue testigo de la boda junto con otro del gobierno de Batista.

Me perdió la confianza desde aquella vez que peleé con él durante un año porque me dio una trompada, cuando le dije que no iba a bailar y él se lo sospechó y se quedó esperando detrás de un arbolito de adorno. Pero para lo único que yo sí me iba era para el baile; a mí me encantaba el baile, bailar y dar vueltas hasta marearme, las canciones de antes, las orquestas, la alegría del baile. Todos los hombres querían bailar conmigo y me los sacudía como moscas. Lo más feliz de la vida es el baile y los hijos.

Cuando se fue Alex me sentí morir, en botecito así que lo tenía en el baño, no era un bote fuerte, imagínate, eso se vira y se ahogan. Pues llegaron con un solo remo. Pensé que no lo vería más, veía su pijama, su ropa. A los tres días nos llamaron, todo bien, dijeron, pero no lo pusieron en línea –parecía que se había ahogado. Oía en la noche decir, mamá, mamá, como que se estaba ahogando con dieciséis años, y tu padre estaba callado vuelto hacia adentro. Pero si era un niño. Veintisiete puntos me dieron cuando él nació (yo era muy estrecha y parir es del carajo pero lo mejor de tener hijos es cuando nacen, verlos).

Tú naciste de cinco a seis de la mañana y ni puntos me dieron contigo. No tuve tantos dolores; fue el parto muy bueno

–como naciste antes de tiempo. Porque con los otros yo quería morirme, me pusieron gomas, sueros. Te mecía y te daba leche y jugo a media mañana, y unas gotitas que el médico te había mandado con el jugo. Eres blanca ahora pero en aquel tiempo eras un almidón prieto –dijo tu papá, yo blanco, rubio y colorado y ésta prieta así. Pues mira, ella va a crecer y tú verás. Mira como tienes el pelo de él, el lunar rojo suyo en la nariz, la marca.

Ay sí es feliz tener un hijo, ver el molde. Y con todo lo que he pasado y soy sana allá abajo. Parir es bueno, parir limpia a uno, mija. Ves a tu niño y le ves las manitos, los piecitos, y ellos te miran y te buscan porque saben que eres su mamá, desde que nacen saben que el calor ese es tuyo; es lo más feliz que hay. Los vestía bonitos... yo tuve eso, los vi crecer. El Vedado era un buen barrio. O y 23, en una casa de huéspedes, y cuando había norte había que cerrar la ventana porque salpicaba el mar, yo tenía que lavar los pañales abajo en el lavado. Y la cuna atravesada ahí. Allí había un retirado muy fresco y atrevido que se llamaba Artola, que andaba con una bata de casa para que le diera el viento y enseñarme todo. Pero conmigo pocas y buenas (yo callada la boca que si le digo a tu padre se faja). Era así ¿ves?, como un castillito. Allá arriba vivíamos viéndolo todo. Un día fui a darle café a tu padre y me hizo una cosa ¡puaf! Díceme él, tú te orinaste, pero qué va, ¡era la fuente! La barriga tuya también fue de agua. Alabado sea Dios, me puse una sábana vieja de trapo pero qué va, era un río; cuando se me acabó el agua estaba lista de ti. Vivimos ahí poco tiempo porque de ahí nos mudamos para un lugar grande y mejor pero donde había putas que entraban y salían. Tu padre alquiló a una mujer que tenía mujeres trabajando para ella. ¡Allí me trajo! Poco después mejoramos y fuimos al Almendares, donde había una bodega que tenía bar y al frente la tienda de los chinos donde yo compraba mandados. Ahí crecieron los dos primeros.

43

De ellos dos a ustedes dos pasaron como quince años porque yo me ponía anillo, diafragma, de todo, y aun así tu padre me preñaba. De olerme nada más salía embarazada. Me hice once abortos. Para sacarlo a mí no me hacían tomar nada como hoy en día. Yo no miraba, no quería ver lo que hacían; dolía mucho con anestesia local. ¿Sabes por qué yo no quería parir? Tuve que trabajar la agricultura antes y después de tú nacer porque si no lo hacía no me daban círculo infantil ni canastilla para ti. Regando café, desyerbando, recogiendo malangas. Al café lo sembrábamos y lo tapábamos con sacos para que salieran las posturas. Capeábamos los surcos con guatacas. Trabajaba en la dulcería de la Terminal de ómnibus durante el embarazo y en el campo para que me dieran canastilla.

Ese día me sentía mal, las piernas se me doblaban; ya por la noche estaba de parto tuyo. Aquella gente no me creía que no estaba bien, esa gente no creía ni en la madre que los parió. Yo era la que sacaba las bandejas de pasteles y dulces, subía cargada con bandejas porque la panadería estaba en el sótano. Subía y bajaba todo el día, embarazada de ti, por una escalerita de concreto. Vendía las orillas de los pasteles a un peso el paquetito, y me dijeron que no lo hiciera porque había demasiado dinero en la caja. Los comunistas preferían botarlo que dárselo a los hambrientos. Y los muchachitos muertos de hambre se volvían locos con aquello; pero en la Cuba de Fidel no podía hacerse tanto dinero en la dulcería. Me partía el alma no dárselo a los muchachitos que venían a preguntar por las sobras –un grupo de ellos a la hora de cerrar y yo sé de eso.

Unas hormonas que me dio el de la botica. Me daba vergüenza; yo no quería parir. Tan vieja y embarazada. ¡Cuarenta y tres años! Después yo te quería, te arropaba. Le hubiera echado arena a los ojos de los hombres mirones, a los que tiraban piropos. Un día estando en estado me dijo un negro que iba echando en bicicleta, ¡oiga, señora, qué fuego hubo debajo de esa loma! Figúrate, ¡fuego igual que el que tuvo tu madre cuando te parió a ti! –le respondí. Unos asquerosos.

Las hormonas para abortar eran en la vena y tu papá me las puso en la nalga. Se me infectaron; me salieron unos granos que no podía ni dormir. Me ponía sulfato de sosa, me ponía fomentos de algodón con sulfato. Aquello se puso peor; imagínate, trabajando en la agricultura. Y saliste tú.

Cuando se jodió todo mataron a Manzanita; tu papá lo quería cantidad. La gente estaba alzada, mataron e hicieron muchas cosas malas, acusaban a la gente. Tu papá tenía un miedo del carajo; cogían a la gente por cualquier cosa. Por eso ripió los retratos de la boda, porque Quevedo estaba en las fotos. Les quitaron todo, les hacían juicios, fusilaron a Morejón, a Blanco; las mujeres escupían en la cara de los que iban ante juez. Eran gente mala. A tu papá le gustaba aquello –si tu abuela doña Rosa era comunista–, pero aunque era mentiroso, no era bandido.

Alex era un muñequito, imagínate yo no cabía en mí, mi único hijo macho. Tu padre le cortaba las batitas por el cuello porque era fuerte y lo ahorcaba, temía que se ahogara. Yo le miré los güevitos cuando nació porque tu papá tenía un güevo nada más –cállate y no digas nada de eso en el papel. Pero si está muerto hace veinticinco años. ¡Ay lo qué es la vida! A Alejo no le gustaba que lo dijera. ¡Tenía un genio! Pero siempre venía al lado mío cuando estaba de parto y si necesitaba sangre me la daba. Tu padre tenía la sangre universal que le sirve a todo el mundo. Antes de Bellita me había sacado uno de tu papá mientras trabajaba en una casa –de Alberto Mauro y Haydee su mujer, pobrecita, aguantaba aquello (Alberto tocaba el violín y tenía una querida a la que le alquilaba el segundo piso). Yo vivía en el sótano primero, y el jardinero en el segundo sótano, en J y esquina calle 9 del Vedado.

Alex nació en el 52, en el Calixto García; Bellita en el 49, en el América Arias. Vivíamos frente al Hotel Nacional, en O.

Allá nació Bellita –Rosita Quevedo le hizo una bata de opal bordada. Entre Alex, Bellita y ustedes, me puse el anillo todos esos años, el diafragma, de todo; pero salía embarazada a cada rato. Pasaron años. El de tu hermana no era mal embarazo, pero después yo quería morirme; tenía que nacer el día nueve y salió el día once, ya se había hecho caca y todo dentro de mí. Las gomas que me pusieron eran para ella que ya no podía respirar dentro de ese ambiente, estaba pasada. Siete libras y media pesó, gordita y roja. Bellita pesó seis libras y un cuarto, pero después se puso gordita. Alex fue el más grande, con ocho libras y media.

El tuyo parecía de jimaguas y después se me fue en agua. Pesaste cinco libras y un cuarto y cabías en una caja de zapatos. No estabas formada: la piel prieta morada, se te veían las venas. Eras prietecita. Tu padre me dijo, esa no es hija mía, mis hijos salen rubios, rosados. Pero después se te quitó y te salió una pelusa blanca. Dulce, la nuera de Petronila, les hacía las batitas y Teresita se las bordaba. Después de grandes se las hacía Antonia, tan buena que era y cómo cosía con las manos llenas de grietas. Antonia vivía frente a la playita de 36 y tenía esa enfermedad que te abre llagas en las manos, pero cosía mejor que nadie ¿verdad? ¿A que te acuerdas?

Es que me mortificabas, te perdías y yo sin saber dónde tú estabas. Te ibas para allá arriba, a la azotea. Lo que cuesta un hijo, con lo que duele parir y tres o cuatro meses de dar leche, y el dolor de parto, una no tiene consuelo hasta que salen la cabeza y los hombritos. Tenía que darte golpes, eras la candela, venías sucia caída la noche ya. Una tunda te esperaba.

Todos tenían pecas y eso es cosa mía, vaya, lo sacaron de mí. Biajaca de río fue lo que me las quitó; me la pasé por la cara y se me quitaron todas. Se las debí haber pasado a ustedes cuatro, pero me gustaba vérselas en las caras. *Abre cuita buirindingo. Bruca Maniguá, Ae. Échale bruca maniguá*, que esa negra a mí me engaña. *Bruca Maniguá, Ae.*

Tu padre no se casó conmigo nada, él vivió conmigo primero. Se casó conmigo a los años, habiéndole parido dos hijos. Pero también se enamoró de mí. Nos casamos luego. Se iba a casar conmigo en el 57 pero pasaron muchas cosas. Nadie sabe a dónde llega hasta que va. Nos casamos el 21 de noviembre del 59 en la Revista Bohemia. Ese día se casaron como cinco o siete parejas. Nos tocaron la marcha nupcial y todo. Impetuosa y linda que estaba; él fuerte y potente, un macho de verdad. Él me llevó a la Revista Bohemia y formalizamos el concubinato –tú sabes que eso no se decía pero la gente es muy chismosa y como ya habían nacido Bellita y Alex. Me hice once abortos de tu padre (¡lo nunca visto el macho que era!) –los de antes de él no cuentan ya.

Mamá era un ángel de buena, se traía pollos y de todo cuando venía de Cabaiguán. A ustedes las cuidaba; muy noble que era. Yo le compraba vestidos, la llevaba a la peluquería y cuando regresaba a Cabaiguán era otra. La gente le decía, María, ¿y la hija buena suya? Yo hubiera querido que ella hubiera gozado todo lo mío.

Pues mi papá fue el colmo cuando citaron a mamá. Piensa ella, eh ¿para qué me citan a mí, si yo no he hecho nada malo? ¿Y tú sabes para qué era? Para que le firmara el divorcio. De viejitos ya salirle con esa gracia. ¿Tú sabes lo qué es eso? Para casarse con la otra y dejarle la pensión a la otra. Mamá se lo dio –si ella no quería saber de él, ya mamá tenía a Zoilo. Luego mi hermano Maurilio y toda esa gente le quitaron todo lo que tenía de Zoilo –sus propios hijos, pobrecita. Ellos no eran malos, pero. René una vez vino a mi casa y vio la foto de ella y se echó a llorar… ella paraba en casa de René también.

Tu papá era muy duro conmigo porque fíjate que un día Carlos dejó la candela encendida, digo, el gas abierto, y tu papá le echó la culpa a mi mamá y yo sé que mi mamá era incapaz de hacer eso. Respetuosa igual que yo, mi mamá se fue el mismo día para casa de mi hermano René. Y no halagaba a mamá como a mí me gusta. Celoso de todo, era del carajo, me celaba hasta de una escoba. Cuando estaba al parir a Alex yo planchaba de noche porque con los niños de día tenía mucho trajín, y él trajo a Orestes tu tío a quedarse con nosotros. ¡Qué va no no no no, yo no quiero ese querer! Teníamos a Orestes durmiendo en una columbina y una noche tu padre se despertó y se puso como una fiera. ¡Puta! ¿Qué tú hacías levantada? ¿Que qué hacía? ¿Que qué hacía? ¡Planchando la ropa que de día no puedo por los niños! Él se creía que Orestes y yo estábamos en algo pero Orestes me respetaba a mí. ¡Puta, gritaba, y me dio un puñetazo en la cara que me tuve que poner hielo! ¡Con la barriga que yo tenía! Era tremendo. Sí, sí me daba golpes. Darte un puñetazo y empujarte contra la pared es darte golpe. Y hacerme yo un curetaje y él me hacía lo otro también; cuando estaba delicada allá abajo me obligaba. Ya tú sabes por qué no lo dejé, porque los tenía a ustedes. Y la familia mía cómo era que ni le importaba. Era malo, no era bueno nada, como tu hermana, hacía una buena y diez malas. Ése nunca tuvo asidero; cuesta trabajo entenderlo.

Sí me traía cosas de casa de Quevedo, hay veces comida, hay veces café, jamón picado así, en lascas —como daban banquetes. Si me compraba una cosa me la compraba bien bonita. Sí, él tenía gusto para comprarme un vestido, una joya –un día me compró una gargantilla y un pulso y me los compró lindos, lindos de verdad. Cuando tuve a Alex me compró un vestido color coral con el cuello de terciopelo negro ¡qué me quedaba! Sabía lo que me gustaba y yo que era bonita a donde quiera que iba acababa.

Gudelia le pusieron a mi hermanita que era tan linda y habladora, una muñequita. Le encantaba la mantequilla, decía, mami, mami quiero más. Tenía trece meses cuando una tía la sacó desabrigada del río y cogió tuberculosis o neumonía. Tu abuela le metió el dedo en la boca y la lengua ya estaba fría, helada, casi muerta ya. ¡Ay! Juanita fue otra hermanita mía, murió a las veinticuatro horas de nacida, le faltaba la mitad de la cabeza, nació imperfecta.

Dice mi mamá que mi padre, que era comadrón, y mi abuela Herminia Hidalgo, tan buena que era, me asistieron cuando yo nací. Eh, mi abuelita Herminia Hidalgo –que era espirituana, la madre de papá–, tuvo diez hijos: los mellizos Vicente y Herminia (pero le decían La Niña), Fidelma, Julio, Luis, Senén, Gilberto (que era sastre), Germán, Luisito (que salió pelón, porque en las familias siempre hay un pollo pelón; fíjate que Luisito tuvo una novia y después se tiró de indigente, dormía en el cine). Luego tuvo a Rafaelito y a Ulises mi padre, que también salió sinvergüenza. Yo vivía con ella, que cocinaba en carbón el chícharo entero, no como ahora, y quedaba de lo más sabrosa la comida. ¡Qué bien cocinaba Herminia Hidalgo! Ya yo estaba aprendiendo en la escuela pero nunca supe en qué grado estaba. A ver, segundo grado y malo, empezando. Bueno yo nací en Jatibonico y en 1933 me fui para Guayos con mi familia, pero papá como a los dos años o tres de estar allí cayó preso –le echaron una culpa de algo que no hizo. Y nos fuimos a vivir al garaje de la casa de Benito Quincoses, un primo hermano de papá. Pero Benito no podía ver a mi padre por lo malo que era con nosotros; fíjate que le consiguió trabajo en el Central y cuando estábamos de lo más bien papá se escabullía llevándole comida a una mujercita que tenía. Cuando el Central La Vega pitaba de madrugada, renegando iba, porque lo que quería era joder sin trabajar. Mientras papá estuvo preso vivimos en el garaje de la casa de Benito, con todos los hermanos míos y mamá. Nunca tuve colchas ni toallas. Nos tapábamos con periódicos y con sacos; nos secábamos con trapos y ropa vieja. El baño era el inodoro, le poníamos una tapa para que no apestara y nos bañábamos con un cubo al lado. Ya como en el 1938 o 39 estábamos en Guayos, que era muy bonito y muy alegre; había un parque con quioscos, casitas criollas, carreras en sacos, y fíjate si era alegre que iban gentes de todas partes. Había un árbol enorme, una Ceiba en el medio, y la dividían en dos, los negros para allá y nosotros para acá, debajo del árbol, divididos por la cerca. No me daba pena por ellos porque había una sociedad para la gente de color; nos llevábamos bien pero no nos mezclábamos. Con quince años ya iba a todas las fiestas. Una vez fui hasta Cabaiguán a un baile en el reparto obrero, con mis amigas. Me colocaba y ganaba seis pesos al mes, comía en las casas que estaba y le llevaba comida y puerco a mi mamá.

Catorce huevos sacó la pollona jabada, poniendo todos días en la finquita en Lebrija –a papá le dieron una casita ahí. La gallina se echó en un platanal y trajeron los huevos. Papá nunca quiso a nadie. A un bagazo poco caso. Pero abuelita era una santa. ¡Ay Herminia Hidalgo, eras un ángel! Cuando nací creo que el presidente era Estrada Palma, ¿San Martín sería? Porque Machado vino después. Cuando Machado la cosa se puso mala de verdad. Tu abuelo tuvo que irse para Guayos porque en Jatibonico lo iban a matar, y yo me quedé con mis abuelos. Mi abuelo Rafael Pérez Grillo era rubio de ojos azules –tenía de alemán o de irlandés, pero eran catalanes (sus hermanas Charito y Brígida eran catalanas las dos, hablaban catalán entre ellas). Abuelo trabajaba en el Central de Jatibonico y en el rastro de carne, y le daban carne que mi abuelita cocinaba de lo más sabrosa.

Abre cuita buirindingo. Bruca Maniguá Ae. Échale *bruca maniguá* –yo me sé muchas canciones. Allá en mi pueblo Guayos había matinée bailable en La Colonia España y en el Liceo. Pero yo nací en Jatibonico –era un pueblo alegre y bonito. Nací en casa de mi abuela; ella y mi papá fueron los comadrones. Y tu papá nació en Guayos.

Sarita Figueroa era artista y tenía un lunar en la ceja; cantaba así: Me vinieron con payasadas y ahora estoy mucho mejor, tengo de socio un negrito (ya dejó de ser actor), cómpreme usted este termito que lo vendo al por mayor, el sabroso cafecito que no hay quien lo haga mejor. Y alzaba la ceja con el lunar aquel. La mamá de Sarita era de lo más buena, me regalaba vestiditos y cosas que se les quedaban a sus hijas. Yo nada más ganaba seis pesos al mes colocada en casa de Alicia Mole, que me daba carne de puerco y tabaco –ella me pedía que se lo encendiera el tabaco. Luego me coloqué en casa de Dulce González, la tía de Sarita. Vivían frente al trapiche de Guayos –donde hacían raspadura, vendían guarapo.

Ah, todo pasa mi hija, todo. Ahora tú te pareces al pollo de Maurilio, arengado que ni para meterle el diente, pero te vas a poner buena. Si una vez a mí se me cayó todo el pelo del cuerpo, todo, las pestañas, allá abajo, me quedé pelona como un pollo desplumado, como un perro con sarna. Cogí sarna, no sé. Yo no salía a ningún lado porque imagínate, pelona como estaba le daba miedo al susto. Nadie me reconocía. Pero al poco tiempo me empezó a salir de lo más bonito. Otra vez, cuando tu hermano se fue en balsa se me fue la voz, estaba como loca. Como oyes. Me quedé muda, no podía hablar. De los nervios. Muda como mi hermano Ao. Abría la boca y no salía nada. Tenía cuajera mi hija, abatimiento. Se me acabaron las lágrimas, me quedé seca. Si he pasado cada cosa.

En el patio de mi abuelo tú escarbabas y encontrabas dinero; barriendo uno se encontraba monedas. En esa época se usaba enterrar el oro. Un día fui a tomar agua a la cocina y lo vi en la mata de mango y me desmayé del susto. Mi abuelo le hablaba: Bájate de la mata Juan Bla, decía con la voz ronca. Abuelo me decía que cuando lo viera en la mata me hiciera como que no lo veía, que el muerto tenía sus deudas y hasta que no le ubicaran su dinero en algún lugar que él sabía no se iba a ir de la casa ni a bajarse de la mata. A veces estaba en la cocina y en la mata de mango a la misma vez. Pero yo disimulaba muerta de miedo. Aprendimos a vivir con él deambulando por ahí. Venía a visitar a mi abuelo en sueños y le hablaba en lenguas; por eso mi abuelo no podía ayudarlo, porque no sabía lo que decía.

Ulises tu abuelo alumbró a mis hermanos Tato y Dagoberto; a Pilar no porque estaba preso cuando ella nació. Pero era un sinvergüenza. Mi madre le consiguió trabajo en el central de Guayos y le molestaba levantarse con el silbido del Central. Tenía su cosita amorosa por ahí y no cumplía. ¡Mira que morirse con 105 años! Él sabía, tenía uso de palabra, despedía duelos, hacía bastidores, los sabía tejer y armarlos. Cuando se fue de la casa yo tenía quince o diecisiete años. Y entonces sí que se pusieron las cosas malas de verdad.

La anormal

Voy al laboratorio y me explica que el ser humano sí puede fabricar monstruos. Llego en el metro aéreo que va desde la parada de Brickell hasta Civic Center donde me espera diligente con barba de tres días. Se ve distinto en la bata blanca; de otra manera sigue siendo tremendamente atractivo. Su homosexualidad es sobriamente masculina y alerta, agréguesele la meticulosidad prudente, la mirada perspicaz agrandada detrás de los espejuelos de armadura gruesa, el decoro del que está a sus anchas en el contexto científico, serializado y frío del laboratorio, bajo las bandas de luces blancas que provienen del techo; luces prístinas emergen de una nevera o de una repisa de probeta. En medio del ajetreo metódico diario me explica paso por paso todo lo que va haciendo, porque he venido a eso.

Aquí está conectada la cámara de video, asómate por aquí y enfoca: este paciente es de ayer; ya está terminado y cortado; es médula de una persona que tiene leucemia. (Me fijo en el nombre escrito en el cristal de la tapa). Lo primero es limpiar el plato, este núcleo que saco... ahora voy a contar los cromosomas; separo los que están unidos mientras la computadora lleva el conteo aquí. Luego el programa me hace el cariotipo que ordena en un patrón estándar. Fíjate aquí, este es un cromosoma con una resolución de 300 bandas y este con 850 bandas, nota que una de estas patas está perdida.

Abre un libro de referencia con fotografías en blanco y negro (forma y no color es lo que se consulta), y apunta con el índice. Por ejemplo, dice, el cromosoma Filadelfia es el primer cromosoma asociado con el cáncer –translocación (9;22). Mira cuántas translocaciones hay descritas, cuántas inversiones, cuántas duplicaciones, 18 cromosomas y cuando el cromosoma se hace un espejo de sí mismo, cuántas deleciones. ¿Ves estos cromosomas? Bellos y divinos, pero los cromosomas de cáncer son cortos y feos, muy difíciles de analizar debido al tipo de célula; no es lo mismo cultivar un fibroblasto que viene en líquido amniótico, que cultivar una célula de médula ósea –cromosomas normalmente pequeños de morfología extraña. Dice, sé por dónde viene tu pregunta. Una hormona es una sustancia reguladora. Testosterona baja en un niño significa no desarrollo de los caracteres sexuales secundarios, no desarrollo del pene, no desarrollo de los testículos. Para un hombre adulto la testosterona baja sabes lo que puede significar. Porque yo sé que por ahí viene tu pregunta. Todo depende de en qué momento del embarazo se inyecta esta hormona, en qué momento de gestación. Replico que se inyectó hormonas para abortar, que hacía fuerzas desde que supo que estaba embarazada, cargaba las canastas llenas de tomates o malangas podridas para que se aflojara el vientre, que la habían castigado con el trabajo en el campo porque se iban del país y ella fue a cumplir necesitada de canastilla para el bebé. Mi padre se las inyectó en las nalgas y eran para la vena.

¿Pero en qué mes del embarazo? Dice que en el caso de una mujer sana que ha pasado el primer trimestre del embarazo, no se malogra con nada; el primer trimestre es determinante. Piensa, si una mujer tiene cáncer de tiroides –la tiroides es productora de hormonas, la tiroxina es una hormona que regula el crecimiento y toda una serie de cosas, ¿cuál es el momento adecuado para hacer la aspiración para un estudio a esta persona? Debería ser en el segundo trimestre. Las enfermedades contagiosas, tan peligrosas al principio del embarazo, si se contraen después del primer trimestre, generalmente salen niños saludables.

Ha traído almuerzo para los dos y me conduce a una pequeña sala adjunta al laboratorio donde calienta los emparedados y prepara café. Comemos y hago preguntas dispersas. Porque estoy nerviosa y me vuelvo torpe, hablo boberías, tropiezo con las esquinas de las mesas de aluminio, derramo el café, lo interrumpo, me siento inepta, me hago inoportuna.

¿En laboratorios como este se pueden crear monstruos? Dice que se podría, manipulándose la genética. Digamos una rana, la proteína que produce tal gen y debe formar «ojo» la voy localizar en la pata a ver qué sale, porque es importante que las proteínas (que darán lugar a los órganos) se formen en el lugar adecuado. Lo tuyo parece ser una variación genética (residuo atávico grabado en el árbol genealógico, y sale). Por ejemplo, el lóbulo de la oreja pegado es menos evolucionado que el lóbulo colgante, sin embargo es sólo una variante. No hay anormalidad. (Responde con cortesía pero no se deja distraer de su labor; me habla como a una niña y eso es parte del encanto de la escena).

En el día a día atendemos casos como este: tenemos un líquido amniótico y encontramos una translocación entre dos cromosomas del feto, y entonces podemos suponer que está balanceada –si un pedacito de un 7 se fue para un 14 y el 14 para el 7, no se perdería material genético, pero ¿cómo puede saberse? Históricamente como se ha sabido es estudiando los cromosomas en la sangre de los padres. ¿Qué puede pasar? Que uno de los padres tiene esa translocación, y sin embargo lo ves como una persona normal. Entonces viene el dilema, lo que se llama consejería genética: su hijo tiene una translocación, que aparentemente es balanceada y que es la misma que tiene el padre. Posibilidades hay que el bebé sea igual que usted de sano, pero debe decidir si lo tiene o no. También puede darse una translocación de novo. O sea, se le hace el análisis a los padres que son perfectamente normales, lo que quiere decir que esa translocación aparece por primera vez en este individuo. Desde luego, una translocación si no es balanceada y hubo pérdida de material, por seguro que hay anormalidades. Dice, supongamos que falta un pedazo del cromosoma 8; estudiamos la sangre de los padres y la madre tiene una translocación (8;6) y el material está ahí, pero a la vez, cuando se hizo la división meiótica y se produjeron los gametos –los gametos tienen una batería simple de cromosomas– , el gameto que dio lugar a ese feto viene des- balanceado porque no heredó los dos cromosomas anormales del padre o la madre afectado; para que estuviera balanceado en él tendría que heredar los dos cromosomas envueltos en esa translocación del papá; pero heredó uno malo y uno bueno, por lo que no se produce el balance en el feto y ese niño va ser anormal. (Me quemo el labio con la taza, me atraganto con el café y toso; llegan retazos de la explicación en corrida. Termina- mos el almuerzo y regresamos al laboratorio). Sólo puedes tener genes de tus ancestros, no de una cucaracha, no de una pantera negra ni de un personaje célebre. (Hago como que me río).

Muestra la colonia de células con las que trabaja esta mañana, luego me trae al microscopio para que observe los cromosomas, viene y va ligero –su trabajo es por el reloj. Dice que los cromo- somas migran al dividirse la célula, en ese momento de dupli- cación –ese preciso intervalo– es que la Citogenética estudia los cromosomas, porque ahí se revelan. Miro el cultivo y le miro el cuello afeitado, esa área entre barbilla y oreja donde la piel de los hombres se arruga un poco, extiendo la mano y lo acaricio ahí, puesto que ha pronunciado muchas palabras que me alteran sexualmente, me dislocan. Él no se sorprende porque me sabe esta discrepancia y porque lo que yo siento por él, según me ha dicho anteriormente, no le despierta absolutamente nada. Dice que en genética todo tiene que ser constante, idéntico, cuando esa identidad se pierde se crean anormalidades. Si bien hay variaciones que son normales (y anormalidades irreparables), no arrojan un fenotipo anormal. Por ejemplo, muchos de los cubanoamericanos tenemos una inversión en el cromosoma 9 que es una variante poblacional y eso no significa ninguna

tres pasos de lavado para eliminar todo desecho. Perdona la pregunta, pero tú siempre has hablado abiertamente conmigo, si no vas a tener descendencia, ¿qué esperas sacar de todo esto? Respondo que una resolución poética que me ayude vivir.

La historia clínica

La escoliosis se diagnostica como efecto cuya causa sigue siendo especulativa. Estudios recientes arrojan que puede deberse al estrés al que fuera sometido el feto o a anormalidades hormonales como posibles causas. Otras causas pudieran ser el hipoestrogenismo, que es un bajo conteo de estrógeno –sucede más en mujeres y niñas. O a causa de la malnutrición, la pérdida de nutrientes. También debido a la falta de magnesio (lo que crea un estrés químico que puede provocar contracciones musculares en el feto que contribuyan a la malformación de la espina dorsal).

Fui anémica un par de veces en la niñez. Para complementar la dieta miserable que recibíamos por la libreta de racionamiento, mi Madre nos preparaba un mejunje en una botella de vino seco combinando jarabes que vendían en la farmacia y las vitaminas en pastillas que pudieran conseguirse: Yodotánico, Bicomplex y machucadas, la vitamina C, la B12. Al brebaje ella agregaba leche condensada para mejorarle el sabor y aceite de hígado de bacalao para estropearlo. Las cucharadas eran muy sabrosas mientras no se le agregara el aceite aquel que producía arqueadas.

Mi escoliosis es idiopática, de causa desconocida. Lo cierto es que para cuando se diagnostica la escoliosis, la malformación ya está dada. Supe que lo que tenía se llamaba así cuando cumplí los trece años; aunque luego descubrí que esta condición me había sido diagnosticada mucho antes, desde los cuatro años. No tengo deformación genética (casi), ni una pierna más larga que otra, ni un dedo de más o una oreja estrujada. Tengo una involuntaria serpentina ósea. He averiguado lo que sigue.

El crecimiento de la columna se desarrolla en 3 períodos. Los 2 primeros tienen lugar durante los 3 primeros meses de vida intrauterina (y la formación de un esbozo cartilaginoso segmentado de la columna). El 3er período comienza el 3er mes de la vida fetal y termina al final del crecimiento, sobre los 18 años (osificación y progresivo endurecimiento del esbozo cartilaginoso y crecimiento longitudinal a partir de los cartílagos de crecimiento de las vértebras). La columna vertebral es una estructura tridimensional por lo que la escoliosis es una deformidad tridimensional de la misma, que puede resumirse como una torsión sobre su eje longitudinal, de forma que en el plano frontal, hay un desplazamiento lateral; en el plano lateral, se modifican las curvas fisiológicas; y en el plano horizontal, se produce una rotación de las vértebras. En definitiva, la columna se retuerce sobre su eje longitudinal. Por tanto, para que se pueda hablar de genuina escoliosis, deben darse las tres desviaciones: desviación lateral, rotación y gibosidad.

La joroba mía es, según las anotaciones médicas y las mediciones sobre las placas de rayos X con fechas más tardías, doble curva torácico-lumbar, 57 grados de convexidad torácica derecha, 45 grados de convexidad compensatoria lumbar izquierda. Es evolutiva. La escoliosis es tratable. ¿Cómo puedo explorarla? Tratarla corresponde sólo al médico y al especialista ortopédico, pero los padres y el propio niño pueden ayudar, sobre todo en lo que se refiere a la historia clínica. Ahí es donde queda registrado cómo ha aparecido o desde cuándo se ha detectado la deformidad; si ha progresado desde entonces; si hay antecedentes familiares; si hay antecedentes de enfermedades neurológicas, datos acumulados, pruebas, tratamientos, etcétera.

Recuperar mi historia clínica me costó veinte dólares; con la condición de no regatear se los ofrecí al custodio del Hospital Infantil Pedro Borrás Astorga, en la calle 27 y F en el Vedado –desahuciado desde finales de los ochenta. La imponente arquitectura que me asustara tanto en la niñez, ahora convertido un edificio fantasma. El custodio era un jabado cincuentón con cara de bulldog, hosco el gesto, la mirada sigilosa, baches que deja el acné en la cara, mofletudo y bembón, con el sudor manchándole la camisa, un hombre mullido como el hospital en ruinas, tenebroso como el edifico Art-Decó sin ventanas ni puertas ya, un ente inútil sentado allí con despropósito, a quien le caía del cielo hurgar en lo que quedaba de los archivos y ganarse algo. Para cuando me entregó la carpeta carcomida, en parte hecha hebras de cartón, le había cambiado la expresión —sus ojos pillaban una simpatía confusa como un pozo de petróleo. Entonces me pareció una buena persona, y para desviarle la atención sobre el contenido de la carpeta (en la que seguramente había mirado), le regalé un puñado de africanas envueltas en dorado que había comprado en la tiendita para turistas del Hotel Inglaterra. Pero para agarrarlas me tocó la mano y este gesto osado me asqueó; arrepentida de haberle obsequiado los dulces me limpié la mano en el vestido.

Al recibir el grueso paquete me corrió un frío por la columna vertebral torcida. Una vez, cuando todavía yo era una niña que correteaba las salas de espera del Hospital Infantil, le dieron a mi Madre esta misma carpeta repleta de documentos, reportes médicos, fotografías, solicitudes de exámenes, etcétera, para que la llevara como referencia a otra consulta en la sala de endocrinología ubicada a un costado del mismo hospital. La espera fue larga —me pareció a mí que aún no entendía el tiempo—, y mientras brincaba en un pie tumbé el paquete de las manos a mi Madre: saltaron por el aire papeles, rayos X y fotografías clínicas, *close-ups* de la entrepierna, tomas de frente desnuda y de espaldas inclinada hacia adelante. La verdad oculta de una mancha genética quedó regada por el suelo de la sala de espera, a la vista de todos. Con horror antiguo (el mismo que revisito ahora) ayudé a mi Madre a recoger lo más rápido que pudimos todo aquello. Nunca sabré cuántos ojos vieron mi fenómeno, mi secreto; el rubor de la vergüenza más allá del ridículo, desfigurada, escoliótica, expuesta, la mirada torcida, descalabrada, la devastación total.

Ahora la tengo conmigo. Y repaso estas páginas y fotos roídas, químicamente manchadas, degradadas por la humedad, las ratas, las polillas, las cucarachas, el tiempo. La cara rubia muy seria, asustada, los ojos redondos como bolas de cristal claro se defienden del lente del fotógrafo y de los flashes. Un cuerpecito que no se diferencia en mucho al de otras niñas normales.

Y en el fotograma de la mente soy la niña asustada y despierto en el Hospital Infantil donde me han ingresado para hacerme unos exámenes. Duermo en una sala espaciosa con muchas camas, pero los otros niños están lejos, salteados en camas como la mía, con respaldares de tubos de metal. Me pinchan el brazo y grito; luego me dan de comer puré de viandas con carne mientras enjugo las lágrimas. De un brinco en la cama me bajo el blúmer y reviso con terror si me han cortado algo. O regreso a la sala de consulta donde había lámparas de luz fría en el techo y una lámpara encima de la camilla; una lámpara coronaba la escena, movible, colgando de un cable cubierto. La prístina blancura helada de los azulejos y Dr. Richard examinándome entre las piernas. Veo que en otra camilla a la derecha de la sala yace una niña que tiene los pezones oscuros e hinchados como biberones suculentos que despiertan mi apetito y reprimo lo que siento. Trato de mirar: tiene muchos pelos pubianos negros y rizados y el rostro enjuagado en un placer pueril, insano.

Y quedan estas fotos como evidencia, constancia de una depravación. Pero estas fotografías nos unen a mi Madre y mí –por el siempre de dos vidas–, nos atrapan las fotografías en la complicidad del exceso. Entrevista allí en la cama donde el médico me revisaba recorriéndome con la mirada, palpándome, la actitud de mi Madre recorre mi vida. Luego ser observada para mí es un módulo descompuesto en la psiquis. Escribo:

Fui una niña-ala
niña-hueco
orificio agrio
se me estremecía la carne
avasalladora carne
corría peligro de ser violada
de entregarme a desconocidos
e irreversibles violencias
y esa niña aletea en mí cual mariposa pinzada en mi pecho
siempre alerta a la metáfora
agónica
crispada de deseo
si alguien puede verla
auscultada por el médico
las piernas prestas al vuelo
conejilla lisiada
bicho raro
abierta la madriguera.

Nací con una desproporción. Fui tratada por ello. Desde que nací me trataron debido a esta desproporción física y otros desarreglos. Mi Madre me llevaba al médico; allí Dr. Richard me auscultaba colocando el estetoscopio frío sobre la piel, me abría las piernas y me estudiaba ahí con lupa y linterna, me tocaba ahí, me abría los labios, calibraba el clítoris, me estudiaba como a un bicho raro. Yo trataba de pensar en otra cosa temiendo una erección, pero ¿cómo pensar en otra cosa? Bajo las luces blancas frías Dr. Richard lo hacía sin guantes (debido a la escasez, decía mi Madre), lavándose las manos antes y después. Hasta los quince años no estuve segura de si era hombre o mujer; había escuchado que con la pubertad corría el riesgo de que me salieran pelos en la cara o en el pecho, que desarrollara testículos, que estuviera impedida de procrear, que un día se asomara al espejo una mutación que yacía tácita, que un hombre saliera de mí, un fenómeno de mí misma. Por eso de adolescente quise ser monja. No permitía que ningún muchacho me tocara ahí y descubriera mi condición. Quise córtamelo. Clitoridectomía, se llama. Con dieciséis años regresé al hospital donde nací, Hospital Maternidad Obrera, en Marianao, a que me cortaran el clítoris. Al mismo hospital donde nací como quien corrige un imperfecto cerrando el círculo, regresando al punto de partida. Para ese entonces mis padres ya se habían marchado y me acababan de quitar el último corsé de yeso; estaba destrozada y violenta contra mí misma. Fui con un vestido rosa con bordados en las mangas que mi Madre me había enviado de Estados Unidos y todos los hombres me miraban al pasar. Algunos hombres me hablaban obscenidades porque algo en mí les despertaba eso. Y me pintaba la boca de rojo encendido para pasar por mayor de lo que era y así poder estudiar en la escuela Secundaria Obrero Campesina Mártires de la Moneda, en la Manzana de Gómez, fingiendo tener diecisiete años. Fui y dije al médico: Córteme el clítoris. Escuchó lo que pude decirle y me remitió al psicólogo. Creo que debe ir al psicólogo; aquí mismo saliendo a la derecha, dijo. Con el rostro empapado en sudor me entregó un formulario con el que me transfería a psiquiatría. Los labios pintados de rojo y en la cabeza una multitud:

fenómeno,
anormal,
hermafrodita,
mongólica,
retrasada,
tarada,
boba,

adefesio,
idiota,
monstruo,
tuerta,
cuatrojos,
bicho raro,
monga,
son algunos de los calificativos taladrados en la emoción.
Palmadas en la boca cuando sacaba la legua o me babeaba, porque probablemente era retrasada mental también –ya que una
tara trae otras. En la historia clínica, formularios, solicitudes,
apuntes tomados por el médico. Puede leerse:

La paciente se valoró por un equipo multidisciplinario inte-
grado por especialistas en pediatría, neurocirugía, oftalmología,
endocrinología, ginecoobstetricia y ortopedia. No pudimos reali-
zarle otros estudios genéticos por las características y condiciones
del hospital donde trabajamos.
[…]
Examen de las hormonas y la tiroides. Descartar anomalías
endocrinas e hipofunciones.
[…]
Observamos en la paciente:
1. escoliosis torácica-lumbar. Observada.
2. fractura de las dos clavículas por causa desconocida, soldadas por sí mismas a la edad de dos años […] lo que parece acertado
debido a la colocación de ambos ro […] (ilegible) recomendamos
extender exámenes necesarios para determinar si ha sido fractura
espontánea / fragilidad ósea.
3. estrabismo. La infante lleva espejuelos correctivos (observado) desde hace dos años.
4. la paciente succiona el dedo pulgar de la mano derecha
(observado). la madre dice que la infante saca la lengua y se com-

porta como ausente (no ha sido observado). Hemos extendido los exámenes de coeficiente de inteligencia.

5. [...] (ilegible) descartar avitaminosis.

(Dos renglones más ilegibles por raídos; pero aún hoy es un alivio que se refirieran a mí en femenino).

Observo las fotografías. Desde la cámara la niña que fui me mira. ¿Quién reconoce a quién? Esa niña que fui ya me había previsto: el hombro derecho caído, el lado izquierdo del pecho protuberante –«pecho de pato»–, los lunares como cuños de identidad, las manos, un pie ligeramente titubeante, el sexo; la *idiot savant* me observa y aprende de lo que ve. ¿Y quién está al otro lado de las fotos? Mi Madre era testigo y partícipe. Ella estaba allí siempre ayudando a desvestirme, respondiendo a las preguntas. Pertenece a una generación en la que a los raros los exhibían en el circo y en las ferias de pueblo. ¿Qué habría sentido viéndome tendida en la camilla sobre la sábana blanca, abriendo las piernas o inclinándome hacia delante con las nalgas pegadas al lente de lo que pudo ser una Kodak Brownie Hawkeye, Flash Model?

El fotógrafo clínico enfundado en un uniforme blanco enciende primero los focos laterales, me conduce de la mano y me coloca sobre la cruz de cinta adhesiva negra en el piso de granito blanco; y la luz me cae encima y desaparece todo lo inmediato; entrenado para estos menesteres sostiene el aparato que me espía y nos distancia al mismo tiempo; el flash enorme relampagueando me congela el gesto y yo sigo sus instrucciones y poso desnuda sin posar. Una serie de cuadros individuales estáticos, desnudez completa frontal, desnudez frontal inferior, desnudez perfil derecho, etcétera, fraccionales que ganan movimiento en la cinta fílmica mental. El fotógrafo sólo da indicaciones, objetivamente consulta las instrucciones médicas y compone imágenes que han de quedar como pruebas, fotografías que serán indiscriminadamente utilizadas para propósitos médicos:

–Quedó. bien. Ahora no te muevas. Mira hacia arriba, hacia la cámara. No te muevas.

–…

–Inclínate hacia adelante, a ver. Bien. Un poco más a la derecha. No, a la derecha. Así. Señora, muévala para este lado, que quede de frente, un poco a la derecha a ver, sí… Eso está bien.

Sigo atraída a la foto que inicia la serie y me llama la atención porque la niña me sigue comunicando y nos hablamos. Siempre hay una fotografía inicial vestida que encabeza la sesión. Es la cara de una niña emboscada. No me canso de observarla a ver qué me revela; es tan quieta. Es no saber controlar el rostro aún y mostrar lo que hay. Es la fotografía que después quedaría como prueba irrefutable del suicidio o del crimen contra alguien. Es la misma expresión que se asoma en alguna que otra foto de carnet desprevenida. El ojo derecho más cerrado (ojo izquierdo de la realidad), el mismo susto, el mismo desamparo que mira ser mirada, es la mirada de un arresto, de una animalillo esquivo entrampado por la cámara/ cazador y la circunstancia. Los ojos son los ojos con que miro y son los ojos que me miran, y está la niña en todas las fotos de mí como un código recompilado. Los crespos rubios alrededor de la cara cubren las orejas, otorgándole un casco angelical a un rostro agitado, alerta. El cuello de la bata gris –que recuerdo azul marino, el hombro derecho desarreglado como si hubiera batallado para quedarse quieta (debido a la joroba, del hombro derecho siempre resbalan las batas, los vestidos, el tirante del sujetador, los bolsos, las chaquetas, todo resbala a un hueco en el suelo), como si de un jalón de hombro le hubieran colocado frente al lente y el flash, y el hombro caído que mi Madre miraba y no veía ni podía comprender. Es la foto que pudiera haber tomado Diane Arbus, con una Kodak Brownie Hawkeye, Flash Model; cual radiografía psicológica, ahí un embrión, un ente perplejo, visiblemente creando una identidad resbaladiza.

Arbus los mira como presas, no víctimas, porque se muestra involucrada en el designio de sus sujetos. Ella se arquea sobre sus desvíos y los determina. No son trofeos (como ha sugerido algún crítico), son imágenes míticas del monstruo que nos habita, del submundo de nuestros miedos, nuestras pesadillas y nuestras menudas perversiones. Los anormales somos mucho más variopintos que los estereotipos con que nos señalan, pero en nuestras sociedades modernas se nos cataloga y diagnostica, se nos descubre antes de nacer y se nos aborta, se nos guarda, se nos confina a instituciones especializadas, apartándonos del universo de los normales, sujetos a la norma cosmética.

Susan Sontag dice que la cámara de Arbus nos tiende una emboscada psíquica. Y es que sus sujetos extraen algo de nosotros. Si se viene a ver todos, incluyendo Sontag, participamos de lo feo y lo grotesco, lo deformado y lo bizarro, lo atómico y lo vago, lo intratable en las fotografías de Arbus. Ahí reposa, atajándonos, la fermentación de nuestro deterioro. Arbus, quien no era en lo absoluto indiferente a lo entrampados en un cuerpo que estaban sus sujetos, al secreto desamparo de sus *freaks*, dijo: *Creo que sí, un poco, duele ser fotografiado.* En español monstruo, igual que *freak*, es una palabra cargada, evoca a Frankenstein, *The Elephant Man* –Joseph Merrick–, a Mr. Hyde, a *La isla del Dr. Moreau*, a la bestia que apaciguamos; viene a la mente un desfigurado, una que se sale de la norma, un adefesio, un subnormal. Arbus explicó a un periodista del Newsweek: *Los freaks tienen una cualidad de leyenda [...] Como una persona en un cuento de hadas que te detiene y demanda que le respondas una criba.* Porque hay algo subyugante en el hazmerreír y su esputo, una membrana que se filtra y lo grotesco nos disuade, comunicándose con el salvaje suelto en nuestro inconsciente. Arbus dijo que nos adoraba, como si hubiera un *ella* y un nosotros.

El escrutinio respetuoso al que Arbus sometía a sus sujetos es similar al que me sometían a mí, sólo que ella los colocaba para la foto dejándolos ser, desarrollando una intimidad con ellos hasta hallar el código inescrutable, el residuo problemático, instantáneo, irresoluble, la madeja del ser doblemente atrapado en la fotografía y en el cuerpo. Pero el hecho de estar yo desnuda complica aun más las cosas; el hecho de enseñar mis partes íntimas (abriendo de tajo las piernas a la cámara, por delante y por detrás, posando año tras año para una docena de fotos rituales –más las que debieron repetirse por quedar movidas o fuera de foco o porque el flash no se disparó o–, avisada bajo la luz fría del hospital, estallando mi tara en el flash que me retiene), es tóxico. Mientras me tomaban estas fotografías algo cambió en mí para siempre, el siempre miserable que dura una vida. No sé qué. Nunca lloré, nunca me resistí. *Ellos estaban innegablemente cerca de una manera dolorosa* –dice Diane Arbus, y me comprende.

Hay muchas fotografías que yo quisiera que existieran y de cierta manera esas fotos que nunca se tomaron, existen; no han sido reveladas, están en el estudio en Centro Habana. Son rollos perdidos, cintas desechadas que están en el magma del tiempo. O existen en la memoria fílmica de los que me vieron. De los que me fotografiaron. Fotografías porosas que voy e intervengo. Hay una enciclopedia de miradas perdidas entre fotografías posibles, fotos inexistentes ya, que no se tomaron. Borrosas como la memoria, fotos inseguras en la pátina del tiempo. La tarea imposible sin embargo, la tarea crucial, es recrear los momentos de las fotos posibles, los rostros idos. Fotos fraccionales, partes del cuerpo, un mechón del cabello, una rodilla, una espalda púber. Las fotos donde no salgo. Porque siempre algo tiene que quedar perdido para siempre. Algo dedicado a la niña extraviada en las fotos que nunca se tomaron.

Y algo más en las fotografías de Arbus que comprendemos sin comprender, incluso cuando fotografía a sujetos sin tara física, ella capta el desperfecto psicológico, algún trastorno atrapado en la carne, el secreto a gritos, el esqueleto en el closet del inconsciente, la mentira blanca sobre la que la gente común consume la existencia, la expresión física de un daño irreparable. Tanto así, *Las gemelas idénticas de Roselle, N.J., 1967,* inspiraron a Stanley Kubrick a concebir otro par de gemelas escalofriantes para *The Shining* en 1980. Porque la fotografía de Arbus duplica en cuatro, devuelve la identidad resbalosa a cuatro niñas (cada niña y sus reversos). La niña de la derecha –que es la de la izquierda de la realidad–, se adelanta a su hermana, es la niña ideal porque sonríe y está hasta mejor peinada, pertenece a un mundo ordenado, perfecto; la niña de la izquierda –ubicada en la derecha de la realidad (realidad dudosa de por sí)–, dubita en un mohín, se oculta, y sabemos que algo –cicatriz o arruga–, se dibujará entre sus cejas en unos pocos años, porque está tensada en la pose, regañada, los hombros contraídos, más adentro de sí misma que su hermana, desordenada, casi fuera de la naturaleza.

En las fotos que hay de ella, la fotógrafa, se la ve excluida. De hecho, Arbus se me parece mucho a la niña de la izquierda, como si se hubiera retratado a sí misma –que es la niña colocada en la derecha de la realidad de *Las gemelas idénticas, Roselle, N.J., 1967.* Arbus es la niña de la izquierda, qué duda cabe. Ella supo que sus inocencias no eran tales, que el contraste entre una y otra, esas pinceladas imperfectas que asoman en la imagen, devendría algo peor para ambas. Cualquiera termina como la septuagenaria Mae West de Arbus, 1965. En la fotografía de Mae West lo captado ahí hiela; es el testimonio de un desgaste que siempre estuvo contenido; la imagen soslaya la escatología del organismo, el fenecer tenaz de la belleza y, en el cabello platinado y la expresión victoriosa de Mae West, una resistencia en la batalla por la vida. Arbus estaba tan dividida como sus sujetos. Son ellos los que la miran y absorben su rareza, la de ella, la fotógrafa, la desesperación y esa curiosidad axiomática, su propia patología, lo que vivía cada día.

Embebida por las imágenes terribles, absorta en la colección de mariposas, Arbus no pudo resistir el aleteo de alas lisiadas, agonizantes, pinzadas por el lente. Ahí el néctar de tara. Porque yo sé que en el cuarto oscuro del revelado, celuloide de la comedia que nos toca, se le manifestaron todos los actores, fantasmas, monstruos, depredadores, criminales, la devastación de su propia vida. Abandonando el crucigrama irresoluto de sí misma, Arbus se suicidó el 26 de julio de 1971, a los 48 años.

El contenido de mi historia clínica revive las escenas olvidadas. La ansiedad que producen las fotografías trae un drama instantáneo, punzante. Pero es un lujo el discurrir displicente de la trama. Apenas lastimada. Luego entonces me atraen las mirillas, miradores, microscopios, ventanas, telescopios, escaleras de caracol, pupilas, pasillos, embudos, orificios, claraboyas, anteojos, catalejos, túneles, pozos, *black holes*, huecos de cerraduras, bocas y voracidades, espejos retrovisores, lupas, cámaras de vigilancia, me atrapan y angustian los lentes de cámara y las luces blancas frías. Mi relación con el desnudo y con la cámara es emocionalmente agotadora; mi exhibicionismo es torcido como mi espalda, serpentino, narcisista, perturbador. Y fuente de poesía. Una manía topológica del desnudo que lo mismo me conduce a la angustia desmedida que al oficio del rapsoda. En los menesteres sexuales y la metáfora, hay una ironía y un desquite amable de la naturaleza, venganza mía contra mi Madre y el hecho que haya sido ella la responsable de mi condición, precisamente alterando el curso normal de mi desarrollo embrionario. Puede verse incluso como un regalo que me hizo. Pero eso la niña de la fotografía no vino a saberlo hasta muchos años después.

ANORMALES

Me atraen los tarados, los disformes, los hemofílicos, los quemados, los impedidos, los gagos, los sordomudos, los pilosos, los que tienen deformaciones craneofaciales, los de pies prensiles, las víctimas de una desgracia física. Y no porque haga causa común con ellos, sino porque ellos, sus presencias, me regresan invariablemente a un lugar donde sola yo sé.

El bobo Eladio tocándonos las nalgas, resiste burlas y pedradas sin reconocerlas. El hecho de estar solo y no ser amado; vive con una tía anciana que lo desprecia. Salta y salta cuando pasa un avión gritando como un loco. Arrastrando su pie tullido. Eladio el loco el bobo el cojo el mandadero el rascabuchador. La última pedrada lo lleva al Hospital Calixto García. Semiatrapado en el lenguaje, mira los labios y no atiende al significado de las palabras. Las imita pero no salen compuestas de su boca. Las palabras son piedras en su boca. Una radio vieja con un bombillo rojo desconchinflado emite frecuencias distorsionadas que no entiende e imita. Bla bla bla bla bla bla ininteligible. Él queda absorto o atrapa las cosas con extrañeza moviendo las manos cretinas: la mariposa amarilla, el vuelo del papalote, el pan de gloria que le regala el chino panadero, el chofer del autobús que le cierra el paso, la lagartija muerta, la bolsa de plástico azul que se coloca en la cabeza. Mira directamente a los ojos, directamente a mis pechos y extiende las manos. Le dejo hacer. Un ardor en la nuca, una sensación fuerte me robustece, un letargo parecido al recuerdo de algún peligro sexual. Remolinos de polvo al borde de la acera y viento de agua. Baba de su boca torcida. Su cara de niño hombre errado. Su deseo inválido, primitivo. ¿Adónde este vahído? Soy actriz, tengo vocación de empatía. Los ojos despiertos y ágiles como una lechuza. Me lo

trago de mirarlo. Soy el bobo Eladio, me embriagan su candor
y su deseo. Escribo:

Palpo cicatrices de las no tengo registro:
en la frente
en la comisura de la boca
en el antebrazo derecho –hoyo carcomido
en un dedo del pie
no hay explicaciones para ello ni memoria
sin embargo, hay un abismo en mí
una locura inmaculada de la violencia
un extravío en ese paraje desolado de los locos
que sugieren las cicatrices del cuerpo

y muchos trompones en el rostro muchos cintazos
golpizas con chancleta de palo
jalones de pelo de oreja de brazos
golpes en la cabeza en el estómago en los muslos
y el deseo de evitar la muerte propia, y de matar a alguien

te leo los labios en *off*
yéndome en un hueco
vaciada en el más grande desvarío
schubert con «la muerte y la doncella» de fondo
comprendo el deseo tupido de los dementes
el void sempiterno de los enfermos de alzheimer
la cámara lenta de los tullidos
el hipío sonoro de los asmáticos
la nube cimbreante de los retrazados mentales
la fañosidad inquietante del labio leporino
envidia por aquellas inocencias
cielos sin culpa

pero tú me acercas el rostro
olfateas mis pensamientos
untas la mirada
y me engulles
desgravándome de esa cinta rota
alma homicida la mía palpita en mi mano

el polvo de la calle me entra por la boca
en los ojos gelatinosos de quien no ha dormido
y me limpias este pasado muerto ya
polvo de luces fatuas
y desechos emocionales
salpican la madrugada
brida lumínica sobre mi agua
un viso de la edad
un velo de brumas
un disparo al aire

cacería escabrosa
cierva trémula
soy la presa fija en el fotograma de una historia feroz.

LA TARA

1. Tararà. ¿Qué hay en el nombre de este lugar? Tarará es
una playa en las afueras de La Habana. Nos dicen que aquí
venía el Che Guevara, y aquí nos traen para que juguemos,
ensayemos y participemos en muchos actos revolucionarios
coreografiados. Tarará es una tara que canta, es tararear una
tara. En Tarará escribo sonetos. Vengo una semana a la playa
Tarará en las afueras de La Habana, con la escuela. Unos días
lejos de casa y de mi Madre. Extraño tanto a mi Madre que
escribo un soneto sobre una niña pobre y huérfana que soy yo
llevada lejos de mi Madre, y una niña rica que lo tiene todo,
donde la niña pobre llora a borbotones su soledad y su destierro
desmadrado en Tarará —sus lágrimas mezclándose con el mar y
los quejidos apagados por el coro de himnos. Escribo poemas
mientras mis amiguitas empiezan a descubrir el sexo besándose
con los varones por los rincones del campamento, en la parte
oscura de la escalera al anochecer, contra la pared del patio
trasero, jugando a la botella, a ser novios, a ser papá y mamá. O
cuando nos llevan a nadar, veo retozar a niñas y niños y los veo
tocarse debajo del agua, o me los imagino. A mis compañeras
de clase las veo hacer esto y corro a escribir sonetos. Pero ellas
besándose y estrujándose con los muchachos en lo oscuro, me
aguijonean. Eso pienso yo de noche cuando apagan las luces,
mientras me toco. Yo no sé que hay algo corrompido en mí.
El tarareo de un soneto repica en las sienes mientras mitigo al
cuerpo —simultaneidad del endecasílabo y la frotación acom-
pasada de la rima. Busco rimas complejas para —sin saberlo
aún— cifrar mi relación inmoral con el sexo. Temprano en la
mañana, me pongo frente al espejo en mi traje de baño de dos
piezas, hecho con retazos de tela gris elástica, a ver si sobresale.

Luego miro de soslayo las entrepiernas de mis compañeras y me comparo. No puedo compartir besuqueos rápidos ni apretones con los varones en el patio trasero del campamento, ni ciertos roces y juegos en el agua que en traje de baño pudieran poner al descubierto mi secreto. Todas las mañanas después de desayunar me entran una angustia debajo del traje de baño y un latido que vigilo. Entre el desayuno y el acto matutino me hago la enferma, digo que me duele el estómago. Después del acto matutino, donde cantamos himnos y saludamos la bandera, nos llevan a nadar diariamente al mar y por el camino otra vez tarareamos himnos y repetimos consignas –costumbres que son taras generacionales, aunque eso no lo sé aún. Trato de pensar en otra cosa para no evidenciar mi exceso. Desvío la mente cuando los veo retozar en el agua. Porque mi secreto pudiera hacerse visible y lo fustigo, lo entierro en el closet de la psiquis. Mi clítoris pudiera despertarse. A escondidas leo vidas de santos que me regalan en el catecismo y secretamente quiero ser monja para excluirme del festín de la carne –está prohibido ir a la iglesia, sólo los contrarrevolucionarios lo hacen. Pero la carne tiene su verdad. Tarará es una playa en las afueras de La Habana adonde nos traen como un regalo que nos hace la Revolución. De regreso mi padre me lleva a la Casa de la Cultura de Playa para que recite mi soneto delante de la gente. En el camino hacia el centro me toma de la mano y tararea un tango, me dice Gaviotita esto Gaviotita ven conmigo Gaviotita esto otro Gaviota. Sus amigos tangueros y declamadores aplauden y elogian la precocidad de mi inteligencia. Veo a mi padre orgulloso de mí mientras declamo el soneto de la niña pobre y desmadrada y la niña rica que lo tiene todo. Tengo puesto el vestido azul marino que mi Madre me mandó a hacer con retazos de tela extranjera y punta de encaje azul pastel sobre el dobladillo –la costurera hizo notar que aunque el molde tenía las medidas correctas no entallaba parejo sobre mi cuerpo disparejo. Mi Madre me hizo los tirabuzones con el pelo mojado aún y me los recogió encima de la frente con una cinta azul. Ya secos, los bucles me caen alrededor de la cara mientras recito el soneto que escribí en Tarará y que es un parche sobre una tara, porque lo que entono es un ansia orgánica, un tarareo secreto. Recitar es airear una tara y es darle continuidad a un exhibicionismo rústico, elemental que, sin embargo, muy pocos podrán notar o permitirán dejarse arrastrar a ello. Le tomo el gusto a ser el centro de todas las miradas, cual lentes de cámara, retratándome. Tengo diez años.

2. Los nicaragüenses lesionados en la guerra han llegado para ser atendidos en la clínica de la 5ta avenida y la calle 56 en Miramar. Entre los nicaragüenses hay un colombiano que se unió a la causa sandinista y que tiene metralla en una pierna y la cabeza llena de piojos. Tiene el cabello castaño encrespado sobre los hombros y habla con un deje que a mí me ruboriza. Nunca he escuchado a nadie hablar así. Llegó a sargento, lleva ropa verde olivo y saca la retórica sandinista a pasear con nosotros por Miramar. Carlos Manuel Meneses Quintero se llama y no es sucio porque huele bien, a perfume extranjero, y tiene las uñas recortadas y limpias. Sin embargo tiene piojos que le habrá pegado algún hediondo en el albergue y no sabrá cómo sacárselos. Me toma de la mano mientras andamos; cuando anochece me lleva detrás de los árboles y se me restriega encima, me canta a Mercedes Sosa con la boca pegada a mi cuello y el deje colombiano me embriaga. Cojea porque le entró metralla que le perforó el hueso en toda la pantorrilla izquierda y lleva vendajes sobre las heridas. A veces conversamos sentados encima de los pedruscos enormes que rodean el peñasco, sobre el que se erige la residencia lujosa convertirla en albergue que es la clínica para lesionados de la guerra sandinista. Es una clínica solidaria de cuyas ventanas cuelgan banderas de los países socialistas y en la entrada hay un altoparlante para los discursos y las canciones

de lucha. Los excombatientes entonan canciones de ese tipo y a mí todo eso me repugna. Pero su pierna vendada y su cojera me envían señales. Tiene una arruga entre las cejas y yo sé que es resultado del dolor que le produce apoyar el pie al caminar. Cuando tiene un mal día usa muletas. Si mientras caminamos le duele la pierna se detiene, traga saliva y frunce el ceño. No perdió la pierna pero de milagro la tiene todavía. Me deja verla; contengo un grito cuando destapa la pierna debilitada, tullida: bajo la venda la piel roja azulosa acribillada, los huecos profundos, abiertos, supurantes, alterados. Es el 6 de abril de 1980. En La Habana la atmósfera está que arde. Un poco más arriba, allá por la calle 70 y la 5ta avenida, algunas personas que trataban de asilarse han trepado la reja de la Embajada de Perú y han matado a un guardia. En sólo dos días diez mil personas han penetrado la residencia; son tantos que aquello parece un hormiguero. Llegan autobuses que se detienen allí y descargan a toda esa gente que corre a repletar más el lugar; trepan las rejas de alambre, suben encima de las tejas, escalan las ventanas hasta acomodarse en los balcones que se desbordan y parecieran a punto de desplomarse. También llegan autobuses repletos de adeptos del gobierno para contrarrestar los hechos con actos de repudio; lo nunca visto. Hay bicicletas, motocicletas, automóviles y autobuses vacíos que quedan mal estacionados porque los conductores abandonan los vehículos y se cuelan en la embajada. Hay confusión, gente titubeante que mira hacia adentro con los ojos húmedos. Y hay curiosos que se disputan disimuladamente las bicicletas abandonadas. Hay policías por todos lados permitiendo la entrada a la sede; en sus gestos la actitud de desprecio y la superioridad que les proporciona estar armados con palos, pistolas y ametralladoras. Hay automóviles policiales, Ladas estatales, sirenas y perros pastores alemanes ladrando mientras batallan con las correas que los asen. Acostumbrada a vivir en la «zona congelada» de Miramar (área de embajadas muy vigilada y solitaria por donde no circulan vehículos no autorizados), me desorienta caminar entre tantas personas deliberadas. Por barrio, se organizan manifestaciones contra los que están dentro de la embajada. Carlos Manuel no va a los actos de repudio como sus compañeros porque está cojo y lastimado; yo no voy porque me voy del país desde que nací y porque secretamente me alegro muchísimo por los que lograron colarse allí. Al margen de estos hechos, al caer el sol, Carlos Manuel me lleva a los matorrales a que nos besemos en la oscuridad. Él es un hombre de 26 años y busca en mí algo que yo no he hallado todavía. Me pongo unos shorts apretados debajo del vestido de cuadritos rojos para que no se me marque nada cuando nos besemos. Lo dejo que me frote con la pierna encima de los shorts, pero no le dejo meter la mano debajo de la ropa ni tocar ahí. Mi deseo está muy consciente de sí y me observo. Me aliso el cabello con el torniquete alrededor de la cabeza todo el día, para lucirlo lacio luego. El pañuelo de seda con brillitos va bien apretado al torniquete para que planche el cabello y no se zafe. Como nos han expulsado de la escuela me siento a leer toda la mañana y la tarde sentada en el suelo del balcón del tercer piso, con el sol dándome en la cabeza para que se seque y alise el torniquete de cabello rubio. Mi Madre sale de vez en cuando y me da con la escoba o me grita, haz algo, te vas a quemar y después te saldrán ampollas en la cara, dice; pero sigo leyendo la novela de Agatha Christie achicharrándome bajo el sol. La directora de la escuela nos hizo llamar a la oficina y nos dijo que cuando sonara el timbre nos fuéramos directo a nuestra casa y que no regresáramos al día siguiente porque no se haría responsable si volvíamos; váyanse ahora mismo, dijo tres veces, mientras la mirábamos inmóviles, perplejas. Mi padre ha dicho que no nos iremos metiéndonos en la embajada, que nos pueden matar o meter presos que no se nos ocurra que vayamos con sigilo. Mi Madre anda como una loca con todo lo que está pasando. Tengo doce años.

Las visitas al médico

–Señora, la escoliosis es una curvatura anormal de la columna [...] El hipoestrogenismo se ha relacionado a esta enfermedad y visto que la niña presenta hiperclitorismo [...] Este cuadro de anormalidades ahora mismo no requiere tratamiento. Sí mucha observación.

–Ay Dios mío. Yo se lo vi desde que nació.

–Escoliosis que debe tratarse, eh.

Noto que mi Madre, casi analfabeta, nunca entendió el diagnóstico, mucho menos los términos médicos, quedándosele grabadas dos o tres palabras y frases clave que algunas veces repite: anormal, tratamiento, pruebas, desarrollo, tráigamela en seis meses.

–Los exámenes médicos indicados son estos –extiende un listado.

–Señora, hay escoliosis que no necesita tratamiento; habrá que esperar hasta los diez u once años a ver cómo progresa el desvío. Y para que fuera hermafrodita el clítoris tendría que medir más de 10 cm.

–Así se le pone, como una verija así –dice colocando el pulgar sobre el índice, indicando poco más de una pulgada (el médico mira el gesto y se hace una imagen mental del clítoris infantil prominente)–. Desde que le cambiaba el pañal de chiquita, o cuando la estoy bañando.

El efecto es este: Me resarzo en metáforas heroicas. Mi columna vertebral –eje de mi cuerpo y centro del sistema nervioso central– dibuja una S irrevocable, trazando el despelote trágico que (apachurrando nervios que a su vez envían espasmos agujosos a sitios remotos de mis fuerzas vitales), como las cajitas chinas, guarda una metáfora dentro de otra, así hasta el infinito de una poética de la supervivencia. Tengo emociones entreveradas en el cuerpo. Entre-

nada en el ejercicio analítico noto que el estar consciente de que las
emociones reinan no es suficiente para prevenirme de sus efectos. Y
corro a rectificar casi a ciegas; toca esa tarea de rescatar la minucia
biográfica y sustraerme de un paisaje interior destartalado.

–¿Algún familiar ha tenido este problema? ¿Algún familiar
con alguna anormalidad? –mi Madre se encoge de hombros.

–Es el mejor parto que tuve.

–Hay otros factores de riesgo. Esta enfermedad pudiera con-
llevar pubertad tardía y menarquia tardía en las niñas.

–No sé nada de eso. Pero se chupa el dedo Doctor, no quiere
soltarlo. Y saca la lengua. Yo le puse acíbar en el dedo y le
amarro la mano y todo pero amanece enroscada chupándoselo.

Precisamente la hermana torturada torturadora, dos años
mayor, tuvo su primera menstruación al cumplir los doce años;
yo a los trece tardíos. Dos años de espera fueron bochornosos. El
silencio tabú de mi Madre, su actitud acuciante de quien pide
disculpas por tener una hija «con problemas», y sobre todo por-
que la tardanza de la menstruación era herramienta de tortura
en boca de la hermana torturada torturadora que no dejaba de
recordármelo. En boca de la hermana torturada torturadora no
menstruar pasados los trece años era la prueba irrefutable de mi
masculinidad, de mi ignominia.

Hallo una causa más, una quimera: el ser resultante de una
quimera genética puede ser pseudohermafrodita. Debido al qui-
merismo –teoría que trata de explicar cómo dos cigotos terminan
siendo uno solo– el ser resultante pudiera presentar esta ambigüe-
dad: las células de su cuerpo con genotipo correspondiente a dos
sexos. Luego, para colmo de significados, el ser quimérico pudo
haber sido «normalmente» un gemelo dicigótico. Tal vez soy mi
propia hermana gemela; tal vez tengo dos ADN distintos, órganos
repetidos. Tal vez la dualidad física se expresa en el fantasma
macho de un hermano evanescente.

El corsé

El mejor hospital ortopédico de Cuba es el Frank País. Allá voy resuelta a averiguar por qué me fatigo –a diferencia de mis amigas– cuando vamos los sábados a la Plaza de la Catedral. Me cansa más que a ellas estar parada conversando, merodeando durante horas, inclinándome sobre las mesas de artesanías. Me fatigo y me siento a descansar sobre la escalinata de adoquines que sube a la catedral, buscando las cabezas conocidas entre el reverbero de las gentes y los puestos de la feria.

Dos médicos jóvenes me piden que me desvista. Uno de ellos, pelirrojo, se queda haciéndose el desentendido cuando comienzo a quitarme la ropa, y tengo que cerrar la puerta del cambiador en su cara para que no me vea desnudarme. El mayor de los dos, que está a cargo de la consulta, es de apellido Ayes, y tiene el rostro colorado y la mirada penetrante. Me entrevista mientras me ayuda a llenar las planillas.

–¿Por qué viniste sola? –se cruzan las miradas, como si supieran la respuesta (pero no tienen manera de saberla).

–Mis padres están en Suiza y yo tengo que saber qué me pasa –digo como si fuera lo más natural en un país donde solamente los afiliados al gobierno pueden viajar, y la gente común tiene cerradas todas las puertas de salida al exterior.

–¿Y tú vives sola? –con curiosidad; el médico pelirrojo medio sonríe mientras toma notas.

–¿Sola, sola?

–Sí. Con mi hermana dos años mayor que yo. Ahora mientras ellos están allá, sí –respondo (a ver si se creen que mis padres son privilegiados).

–Pero este hospital no te toca. Te corresponde el Calixto García.

–Pero es el mejor y yo quiero atenderme en el mejor. Por favor, ayúdenme.

–¿Te duele?

–No.

–¿No te duele la espalda nunca?

–No. Pero me canso, me da fatiga, y tengo el pecho salido hacia afuera. Cuando camino mucho me da fatiga, si estoy parada mucho rato también. Ni a mi hermana ni a mis amigas les pasa. Por eso sé que tengo algo. Y mire la paleta salida.

–Voltéate. ¿Te dan calambres?

–No.

–¿Calambres en las piernas, los brazos, las manos?

–No. Me da reuma en las piernas. Desde chiquita me da reuma en las rodillas. Sé cuando va a llover porque enseguida me da reuma. El reuma me avisa.

–Párate aquí y camina en esta línea recta, con los brazos levantados, como en la cuerda floja. A ver.

–¿Así?

–Así. Bien. Da la vuelta y regresa a ver –estoy en blúmer. Dr. Ayes me toca la columna con los dedos fríos, de abajo hacia arriba de vértebra en vértebra, palpando las colocaciones. Mueve la cabeza de manera aprobatoria y me inspira confianza.

–Bien.

Parecen comprender de inmediato qué me sucede. Identifican el hombro caído y me piden que realice algunas piruetas como inclinarme hacia delante, pararme de un lado, del otro, subir un brazo y otro. Miden mis caderas, mis hombros y comentan los hallazgos. Comentan por lo bajo mi circunstancia.

–Tienes desviación de la columna vertebral. Se llama escoliosis. Bastante grande, eh. Vamos a tomarte unas radiografías para medirla bien.

–¿Es malo?

–¿Nunca te vieron eso? ¿Tus padres nunca te han visto esto? –dice Dr. Ayes colocando su mano fría en mi omóplato protuberante.

–Yo me di cuenta.

–¿Nunca nadie te llevó al médico para verte este hombro?

–No. La gente no lo nota. Creo que sí. De la paleta salida sí, me dicen. No me acuerdo.

–Bien. Puedes vestirte. Si tus padres no están aquí no podemos operarte. Vas a necesitar un corsé.

No llevo un corsé de bajo perfil como el corsé TLSO, que es bastante cómodo pero no resulta adecuado para cualquier niña con escoliosis. Tampoco llevo el chaleco Wilmington, que apenas se nota debajo de la ropa. Ni el corsé Charleston, que empuja la columna con el objetivo de enderezar la curvatura lo más posible para evitar que el problema empeore (dejando al niño en una posición extraña, por lo que sólo se usa para dormir). Mi corsé salta a la vista, es parte de mí y nunca se quita. He llevado este corsé de yeso fijo por casi cuatro años. No es un corsé removible como el de Frida Kahlo, que ella amarraba con correas y hubo de llevar varios sobre su cuerpo destrozado –dibujados por ella misma con fábulas surrealistas y anécdotas autorreferenciales, hoz y martillo coloreados sobre la superficie terrosa inmediata. Frida espiaba los trazos sobre el yeso con un espejo, mientras yacía postrada en la cama. El mío es permanente y sólo lo cambian cada tres meses más o menos, durante una visita al médico. No llegaré a los cuatro años recomendados porque la última vez que me toque renovarlo, mientras me embalsamen, con las vendas aún mojadas, durante un proceso que dirige Dr. Ayes y que dura poco más de una hora, me desmayaré en la cama de tortura. Trataré de comunicarles con los ojos, con las manos libres, que no aguanto el dolor del estiramiento; pero ellos proseguirán, un poquito más, ya no falta mucho, dirá Dr. Ayes, y pun, me iré del mundo. Sucederá debido a que la correa que me jala por la barbilla me corte la respiración, pero sobre todo porque esta vez el dolor será insoportable. Cuando despierte estaré en una silla de ruedas, desyesada y confusa. Dr. Ayes, con su cara colorada sobre mí, me estará hablando suavemente, mi mano en la suya, luego más tarde lo reanudamos, dirá, pero yo estaré decidida. Me diré a mí misma, se acabó esto; tendida sobre una colchoneta de esponja dura forrada de plástico verde, me dejaré bañar por la enfermera, como cada vez; me dejaré instruir en los ejercicios que fortalecen la espalda y, cuando toque regresar a la cama de tortura, como liada a una corriente de huida, de borrar todo aquello, me iré de la consulta sin avisar y no volveré nunca más al Hospital Ortopédico Frank País.

Hube estado tan adherida a mi yeso, que cuando cada tres o cuatro meses me lo quitaban para renovarlo, me tambaleaba al caminar sin su peso. Una enfermera me ayudaba a bañarme. Me acostumbré a llevarlo. A veces un nadador de la Escuela Nacional de Natación Marcelo Salado me acariciaba el pecho por debajo de la armadura fija del yeso. A veces se me hinchaban los pies. A veces el yeso se ablandaba a la altura de la cintura debido a la humedad o por recostarme mucho al balcón que daba al mar; entonces había que adelantar la cita con el médico. Pero replegada en mí, dentro del yeso, hallaba refugio. Quince libras de albergue.

Frida usaba corsés de yeso removibles que se sujetaba con correas de cuero, tiras de venda y hebillas. Alrededor de su cuerpo destrozado, ella casi lo odiaba. El mío era fijo, lo fue por casi cuatro años. Ella vivió mucho en su cama, tendida dentro del corsé, obligada por el dolor y la imposibilidad, mientras yo aprendí a recogerme en mi corsé y a hacerlo todo con él, hasta bañarme en la costa sumergiéndome de los muslos para abajo. En mi corsé de castidad, enfundada y fría, Quasimodo, momia dura y blanca, nunca tuve que postrarme. Cuando dejé de usarlo tenía la figura erguida –una postura correcta que disimulaba la joroba, postura y joroba que no me abandonarán nunca. El torso alargado y fino, los pezones empinados, desafiantes –sin embargo habían crecido muy poco al estar aplastados por el yeso liso durante la pubertad –, tenía el porte de bailarina de ballet y dieciséis años. Después de casi cuatro años cargando con quince libras de yeso me sentía livianísima. Y el destape hormonal hacía el gesto realmente descarado. Me ponía una camiseta blanca de algodón muy fino para ir a misa, marcándoseme los pezones debajo de la tela. Todos parecían notar mi impudicia.

Siempre lo he llevado, siempre llevo un corsé de yeso en mi mente. Esa sujeción me es necesaria. En el maletero del auto llevo un corsé con hierros y correas elásticas que me entregaron cuando, muchos años después, sí tuve que humillarme operándome la columna para reconstruir la base. Una mañana muy temprano vino el médico especialista que lo había diseñado como quien trae un regalo, como el que entrega algo muy suyo, orgulloso de su ingenio, y se dio a la tarea de explicar y ejemplificar en la retórica científica y en la práctica, cómo usarlo. Estuvo allí hablando y manipulando el corsé ultramoderno, jalando correas elásticas, colocando y descolocándose el artefacto que dejaba en mis manos, ilustrando el uso con ademanes de autor, en la penumbra de la habitación enfundado en una vestimenta verde que, debido a los narcóticos que me suministraban en la vena, se me antojaba fluorescente y fluida. Resplandecía así –sin atreverse a tocarme–, mostrando el corsé, como un ángel verde que surge de la morfina. También voy al gimnasio con faja lumbar, duermo con una de ellas, las disimulo debajo de los vestidos, las gasto del uso y sigo comprándolas, las sugiero a los amigos que sufren dolor de espalda. Compro cinturones gruesos de diseñador para algunos vestidos cuyas caídas mejoran si me pongo cinto, y aprieto el fajín-cinturón e inmediatamente me siento reconfortada. Tengo un vestido negro con correas de cuero negro y argollas de cobre ennegrecido y arreos que terminan en hebillas negro mate –un Valentina *harness* diseñado por Zana Bayne–, por encima de una funda de algodón elasticado que llega hasta el tobillo. El atalaje se ajusta de manera que me contrae la caja torácica y esto me robustece. Me calma. Tengo un corsé en la mente.

El cuerpo macabro

La muñeca, *Die Puppe* (1935-37), de Hans Bellmer es una niña cuyo rostro parece ocultarse entre los pechos hiperdesarrollados, el vientre y el sexo hinchados, un desarreglo hormonal se le adelanta. Es una niña –o muchas– que no reconoce un deseo más grande que sí misma, una concupiscencia que la inunda, sumergiéndola en la carne propia. Su deseo –que es un extrañamiento y una agresión del cuerpo– emana del crecimiento rápido y la desfiguración púber. Un revuelo hormonal mutilado, la muñeca Bellmer. Atemorizadas por la voluptuosidad propia, las niñas-muñecas de Bellmer.

La escultura que miro ahora entraña un gozo variopinto. Varado ahí un cuerpo de deseos díscolos: los senos son nalgas y una raja rosada sobresale del torso que sigue siendo un par de nalgas que terminan duplicando el pubis. Diversidad física, apoteosis de la libido, desmembramiento de un deseo bipartito, fetiche de las emociones más bastardas incitadas por el cuerpo, sofoque recóndito que oscila en redondeles rosa de la niñez. Comprendo estas muñecas polimorfas Bellmer. Los retazos de cuerpo quebrado demoran la respuesta; es como la emoción de llevarnos a la boca un órgano sexual, su olor agridulce, su autonomía, su humedad y su emblema de muerte, y tragárnoslo. Animal que sale de su escondrijo para ser atrapado, mutilado, degollado. Comprendo la imagen corrupta del desnudo de estas niñas inmovilizadas. Un amarre al deseo que es el lazo oculto de nuestros morbos y nuestros fetiches. Deseo descocado y desigual. El escalofrío voluptuoso es el síntoma. Partes pudendas que no han sido afeadas por el tiempo, la procacidad y la lascivia, la humillacion, fracciones estrujadas. Comprendo que Hans ilustrara varias novelas Dadá, porque en las premisas dadaístas subyace la insuficiencia adversa y lúdica de los niños, sexualmente faltos: dadá, papá, *père*-versión, versión del padre al que se arriman vástagos nuestro deseo y nuestras menudas pulsiones. Su obra agrede ilimitadamente al cuerpo femenino infantil en un proceso de reasignación del placer sexual, goce dañado en su simiente. Muestrario para adultos en falta, el *collage* dadaísta bellmeriano. Los surrealistas también acogieron la obra de Bellmer porque escenifica aspectos ocultos del goce. Ése que sepultamos cuando nos hiere gustándonos, los sueños deleitables de los que renegamos.

Hay una niña bruta en mí, una niña Bellmer que se babea, saca la lengua (o se le sale), a la que le dan un manotazo en la boca para que la guarde. Hay una niña idiota y sometida, con moretones en los muslos, enfangada hasta las rodillas, picada por los mosquitos. En la pupila espabilada de la mujer seductora y medianamente culta que sale de paseo con sus ropas elegantes y de buen gusto, el escote insinuante, las piernas bien formadas descubiertas, hay una niña depravada en el secreteo del inconsciente; en la estrella de teatro y diva ocasional hay una niña torpe, ansiosa por participar en el juego adulto, por la gratificación oral, por el golpe que le romperá un hueso, por el bulto genital, el seno, una niña fálica de Bellmer, obnubilada en un pensamiento que oscila, en una nadería existencial y una lascivia cretinas.

Hay algo más en ellas, las muñecas Bellmer, que es mío: la hechura de escayola y la estructura mecánica, a veces caparazón, trampa-artefacto. Hube de llevar un corsé de yeso fijo por más de tres años, como las muñecas de Hans, a veces se me hinchaban el pubis y los pies. El yeso llegó a ser tan parte de mí que cuando cada tres o cuatro meses me lo quitaban para bañarme y colocarme otro nuevo, me costaba mantener el equilibrio sin su peso de quince libras. Y apenas podía caminar, por lo que me llevaban en silla de ruedas a bañarme. Una enfermera me restregaba con una esponja dura del vientre y la espalda hasta que se deshacían las costras de mugre, partículas de sulfato de calcio y humedad incrustadas en la piel. Humedecía y restregaba con más cuidado las postillas de alguna herida seca que me infligían lo novatos encargados de cortar el corsé entallado a mi cuerpo. Eran cortadas de barrena eléctrica que cicatrizaban como estrías, generalmente en los bordes de las axilas, encima del pubis y bordeando las nalgas. Cicatrices que han caminado desde entonces y que son insignias de la resistencia del cuerpo, porque hay una fuerza ahí en la herida enmendada.

Las cicatrices caminan el cuerpo que habitan; un día me levanté y miré al espejo: allí estaba en la cara la cicatriz que debajo del hombro, en la axila derecha, me había infligido una barrena eléctrica manejada por un inexperto, uno de aquellos estudiantes de medicina que hacían su internado en el Hospital Ortopédico Frank País.

El primer corsé me lo colocaron el día que cumplí trece años. El procedimiento del enyesado me retrae a las esculturas de Bellmer: me amarraban con correas de cuero a una cama ortopédica. Era una cama desfondada, hecha con tubos de acero inoxidable, en apariencia y funcionamiento similares a la mecanicidad de algunas esculturas surrealistas. El tratamiento ortopédico al que me sometían era parecido al potro de tortura de la Edad Media, utilizado comúnmente por la Santa Inquisición española; considerada la más dolorosa tortura medieval, fue diseñada para dislocar todas las articulaciones e incluso desmembrar a la víctima. En el potro de tortura se ataba a la víctima de pies y manos mientras el verdugo daba a la palanca, estirando el cuerpo. A mí me ataban con correas gruesas de cuero por la barbilla y por las caderas, ya que lo que se pretendía estirar era la columna vertebral. Gradualmente daban a la palanca que echaba a andar el sistema de poleas, mientras el cuerpo colgaba horizontalmente en el vacío. Entonces me embadurnaban con vendas enchumbadas de sulfato de calcio hidratado, moldeándomelas encima. Permanecía colgada hasta que se secaban y endurecían las vendas. Los reos de la Santa Inquisición gritaban y algunos hasta proferían confesiones falsas para zafarle al suplicio. Yo me comunicaba con los brazos; la correa presionando la barbilla me impedía hablar o gritar de dolor. De modo que quedaba colgada en el aire, desnuda y dominada, resistiendo el dolor, a expensas de mi doctor y del equipo médico. El médico asistente siempre venía a mirarme mientras me estiraban, cuando me revisaban la escoliosis o mientras me cambiaba la ropa que traía puesta por la bata de hospital; yo le sabía el desasosiego y durante estas sesiones de estiramiento vigilaba su mirada sobre mí, sobre mis partes; sofocado y conmovido venía a eso. Además, me preocupaba que el roce de Dr. Ayes durante el proceso pudiera provocarme una excitación genital notable, dada mi hipertrofia. De manera que una vez más era la niña colocada en el aprendizaje de un deseo raro.

De niña se me enfermaban mucho los ojos, con el tipo de enfermedades que se dan en la pobreza: conjuntivitis, oftalmias, orzuelos e infecciones recurrentes que mi Madre lavaba con agua con sal y mi padre cubría con florecitas de vicaria blanca. El pus se secaba durante la noche y amanecía con los ojos pegados de legañas; momentáneamente ciega iba hasta el baño a enjuagármelos por largo rato con agua estancada que me alcanzaba con una jarra, despegándolos, las pestañas yéndose en las costras secas. Incluso, durante algunos meses, tuve un ojo protegido de la luz después que mi hermana torturada torturadora me arañara la córnea. Jugábamos con las manos y ella se excedió y me arañó la córnea. Lloré y grité y ella se rió de mí porque tal vez lo había hecho adrede para dejarme ciega.

El ojo se puso feo y tuvieron de llevarme al Hospital Calixto García a que me atendieran. Allí me colocaron una luz dentro del ojo lastimado, lo lubricaron y luego me lo vendaron para que no se expusiera a la luz. Durante unos dos meses llevé el parche en el ojo izquierdo debajo de los espejuelos. La hermana torturada torturadora hacía las delicias de la situación llamándome tuerta. Mi Madre diariamente antes de acostarnos me lavaba bien el ojo con agua con sal y me cambiaba la venda; me llevaba semanalmente a la clínica a que me revisaran la herida en la córnea. Allí antes de desvendarlo apagaban las luces (porque la luz hería), y poco a poco me exponían a una luz tenue; luego apuntaban dentro del ojo con una linterna ocular y me hacían girar el lóbulo en círculos; me pedían que leyera letras en un cartel en la pared, lubricaban el ojo, untaban una pomada y volvían a taparlo dejándolo en la penumbra. Todavía tengo la cicatriz oscura atravesando la córnea y al borde una carnosidad blancuzca.

Años después, convencida de que tenía los ojos desbordados de las cuencas, enfermos de profusión (así los sentía), me sometí a una revisión completa de los ojos. Fui al Bascom Palmer Eye Institute y durante toda una mañana me examinaron los ojos, a intervalos me dilataron dos veces las pupilas, midieron la presión de los ojos, examinaron la visión cromática, hicieron pruebas de fondo de ojo y tomaron fotografías de la retina y de la córnea, asegurándome que el nervio óptico estaba sano y que mis ojos eran normales.

El psicoanalista (fumando cigarrillos Moore en cadena, entre bocanadas de humo), me hizo observar cómo ahora volvían imaginariamente aquellas enfermedades oculares infantiles, sospechosamente recurrentes. Veía o sentía mis ojos saltones –derramados sobre lo que habían visto en mi niñez; yo insistía que era una desproporción notable físicamente. Aquellas infecciones de la niñez que me dejaban momentáneamente ciega y que psicoanalíticamente podían comprenderse, veintitantos años después, como una manera de no ver, de negar lo que veían mis ojos durante aquellas consultas con el médico donde me desnudaban y me abrían las piernas; negar, por medio de la ceguera, a mis vecinos de camilla en el mismo estado, a los anómalos en la sala de espera y a mí misma ante el espejo. Negar lo que veían los ojos de la mente a partir de lo que habían visto los ojos del cuerpo –los ojos de la mente veían profusas escenas sexuales, como un torrente de imágenes caleidoscópicas imponderables. Y veía muñecas de Hans Bellmer. Viéndome a mí misma como una de ellas, expuesta en mi deformación, asustada o extrañada como *Die Puppe*, embargada por un deseo circular, inacabado. Un deseo de. Los niños le sabemos la verdad al cuerpo, pero no logramos aprehenderlo. Porque nuestro deseo no compagina con lo que nos dicen los adultos ni con los silencios minados de las gentes.

Cual muñeca Bellmer, desde pequeña me daban arrebatos de voluptuosidad que resolvía restregándome contra un mueble, tocándome torpemente, liándome con amiguitos en un juego escondido. A veces el detonador de estos furores era la mirada de un adulto, hombre o mujer, un «ven para acá», o un «déjame verte», o un «qué te pasa ahí». Como si los mayores me supieran culpable –huía de aquellos que me buscaban la mirada trasegada. Bellmer trabajó variaciones de *Die Puppe* toda su vida para ilustrarnos sobre cómo somos huérfanos en el sexo; porque nuestro deseo metamorfosea y es único para sí mismo. El deseo puro lo producen sus muñecas multiformes. Nosotras somos la búsqueda desmembrada, inoportuna, descolocada del deseo. El miedo físico y la anatomía alterada son el rastreo estético de lo que no se encontrará en ningún otro lado. Y los ojos aterrados de las niñas de Hans hundidos en el cuerpo parpadean en la hora veinticinco. Inexpresivas o libidinosas, las niñas de Hans participamos en un convite despiadado; somos contorsionistas de la emoción de vivir y del ansia de permanecer, trasladados al cuerpo. La mirada ladeada de la muñeca Bellmer pillando de soslayo lo que no debe verse: lo inconsciente hacia afuera. Ese desorden me producen.

Ahora tengo la columna remendada como una pieza Bellmer en la que está varada la muñeca-mueble-escultura que soy yo en la camilla del Hospital Infantil Pedro Borrás Astorga, con las piernas abiertas, los muslos temblando bajo la luz fría, mientras el médico me coloca el estetoscopio glacial sobre la piel tibia; o soy la adolescente colgada en la cama de tortura del Hospital Ortopédico Frank País, casi desnuda, tendida en el aire, el rostro comprimido, amarrada por la barbilla y las caderas con correas de cuero; o soy la mujer que aprende a caminar de nuevo dando pasos inseguros por el pasillo del Hospital Mount Sinai, con la máscara respiratoria, tambaleándome, apoyándome en el andador, con cuatro tornillos en las caderas, implantes de titanio y fibra de vidrio insertados en la espina dorsal. Y mis remiendos dialogan con el cuerpo.

La adolescencia

la espiral de la adolescencia la inician payasos malabaristas y
acróbatas inverosímiles, adiestradores de animales, espiritistas
pintarrajeadas que predicen la salida del país por aire o por
mar, la mancha de sangre en el blúmer (que figura un balón
rojo), el arco iris de oz dibujando un círculo en el cielo recién
enjuagado del teatro circo, propulsados en la rueda de la fortuna, improvisamos una búsqueda de huevos de chocolate en
la embajada canadiense en la habana. los padres se han ido en
medio de un efecto de pirotecnia, humo y trombón ¡zas! atrás
habían quedado las mil representaciones, la mecida en el sillón,
las cosquillas en los pies, los cintazos con hebilla, los golpes con
chancleta de palo, los actos de repudio, el éxodo del mariel, el
puñetazo en el estómago. ya no se les escucha pelear, no me
compran helado ni africanas ni chambelonas ni algodón de
azúcar en el zoológico ni me llevan al cine los domingos a ver
películas de toshiro mifune y de la ciega oichi ni a comer a
da rosina o al conejito ni a las fiestas de cumpleaños en el río
almendares ni al guiñol.
   el abrigo de corduroy magenta me queda pequeño –lo que
es bueno para una marioneta de hilos–, la falda por encima del
muslo, acostándome de madrugada, los ojos ahumados de lumi-
notecnia y la lengua húmeda de muñeca respondona, nariz de
plastilina (y glande de plastilina), un mechón de pelo en la
frente alisado con saliva, dos huecos en la oreja, y el truco de
la cinta interminable saliendo de mi boca. soy un artefacto
sorpresa propulsado por un muelle, tengo torso de yeso y tripa
de algodón, dos novios a la vez (pero quiero a la marioneta de
varilla y ojos tristes –una siempre se enamora del dolor de unos
ojos), hago el amor toda la noche, reacción alérgica a la peni-

cilina, trucos de hipnosis y levitación, primer ataque de pánico entre serpentinas y confeti –que señala el camino a miedos sepultadísimos en cajitas chinas–, función de títeres con altos decibeles y meteoritos, queen deep purple beatles abba fleetwood mac bruce springsteen cyndi lauper phil collins pat benatar herb alpert rock stewart boney m barbra streisand barry white, muerta de lasitud sobre los arrecifes, enjuago el cabello con zumo de limón, me exprimo los granos de la cara, mastico hielo, creo ver espíritus burlones, juego a travestismo, me arde de no lavarme, leo vidas de santos, soy devota de santa teresita, leo a honorato balzac alejandro dumas émile de zola corín tellado thomas mann miguel de carrión silvestre de balboa agatha christie cirilo villaverde arthur conan doyle dulce maría loynaz stefan zweig carson mccullers, me dejo manosear por alberto juantorena a través de la verja de la casa de mi madrina, colecciono autógrafos de mis amigos, las honradas y las impuras, stendhall dostoyevski sienkiewicz, huyo de la hermana torturada torturadora, regreso a la hermana torturada torturadora, huyo del cura, de los viejos verdes (con manos enguantadas que hablan por sí mismas), tengo pañuelitos de encajes perfumados con agua de violetas, me como las uñas hasta que sangran (gotas de salsa de tomate), monseñor giulio einaudi me atrabanca contra el librero de la santa sede, me confieso todos los sábados, robo en las diplotiendas (sé trucos de prestidigitación para evadir la vigilancia), me maquillo para lucir mayor y sacar el noveno grado en la escuela para adultos de la manzana de gómez (que en realidad es una fruta plástica de centro de mesa), memorizo a bécquer, storni, benedetti, escribo sonetos, declamo con la agilidad mental del hambre, la chispa cubana en la lengua, trafico dólares de monopolio que la hija de un pincho grande tragaespadas roba del baúl de tesoros de su padre –rígido títere de varilla, héroe tradicional del teatro guiñol–, interrogatorios en la estación de policía, cuento ovejas monociclistas, me hago el torniquete, voy al médico sola, llevo un corsé de yeso y pantalones apretados, bebo agua con azúcar, bienvenida la inestabilidad de un teatrillo plegable, bienvenidas las ideas de otros monigotes, lloro lágrimas de cocodrilo (sin motivo aparente), los garabatos en la pared, el grafiti obsceno, el grafiti contra el gobierno, los zapatos apretados, la ropa prestada, fumo cigarrillos extranjeros (¿o hago como que fumo?) moore salem populares vegueros malboro dunhill rothmans, el café turco, los anillos de humo, el jolgorio histérico entre amigas (somos animalillos de cartón coloreados con crayolas), mensajes recortados en tiras, masturbaciones con efectos especiales, sueño despierta con matt dillon richard harris peter fonda jesucristo, pequeños robos, la culpa, las espinillas, me maquillo en el espejo el rostro aniñado porque ¿quién quiere abandonar lo que no ha tenido?, las uñas perladas, el perfumito americano, como avionetas se desplazan las cucarachas voladoras hechas con técnica papiroflexia, me acuesto con el estómago vacío, añoro a la hermana torturada torturadora, quiero cortarme el clítoris con una tijera gigante que me sale en sueños o en burbujas de pensamiento, en un escenario improvisado frente al cementerio colón lloro dentro de la cabina telefónica cuando hablo con mi Madre en miami –la telefonista con pelo amarillo de estambre nos conectaba tres minutos gratis y recibimos una ovación de la alegre concurrencia–. el agente de la seguridad del estado rolando mena nos hace requisa trimensual, llega vestido de civil con su pistola plástica a la cintura bajo la guayabera almidonada y entra a todas las habitaciones de la sala ambulante llevando conteo mental de los muebles carcomidos y sucios, la radio, el estéreo, las gavetas vacías, el escaparate vacío comido por los comejenes, la jabonera vacía, la jarra de agua vacía, la azucarera vacía, la cama sin colchón, el refrigerador *general electric* vacío, los objetos de la pobreza. nado bordeando la costa desde el playito hasta la playita de 16, leo lápidas infantiles en el cementerio de colón, rolando mena interroga y sermonea (desde un podio figurado) para que nos convirtamos al comunismo y renunciemos a irnos (en un barco de papel o en un avión teledirigido), dice que escuchamos música enemiga y vestimos ropa enemiga, me da fatiga del hambre, bailando me restriego y besuqueo con recién conocidos en las fiestas, el candor del enamoramiento, camino en zancos, hambre de días, la casa está callada y por las paredes a veces caminaba una cucaracha de papel desteñido con las alas abiertas, rolando mena saca la pistola de plástico y la frota contra el muslo y me la pone en la sien, temo por la hermana torturada torturadora (cabello rojizo y pecas pintadas –desde el futuro, extiendo la mano laaaaaaarga y aliso su cabello de hilos de seda), comemos toronjas con azúcar, títeres traicioneros, ruines, astutos, malicia de la más vulgar, dengue hemorrágico, parásitos intestinales, giardia lamblia, ameba intestinal, bacteria helicobacter pylori, infecciones en los ojos de vidrio, somos rehenes, tenemos hambre, comemos golosinas imaginarias, a veces nos llega dinero del exterior, comemos toronjas con azúcar, pago la reforma urbana, pago la electricidad, compro huevos (de lagartija) y voy al cine. hoy no sé por qué lloro en la cola de los huevos, cuando lloro sin explicaciones los vecinos en la cola de la bodega, los domadores, las amigas del barrio, la enfermera que me inyecta la vacuna antitetánica (la hermana torturada torturadora me ha enterrado un tornillo oxidado en el brazo de trapo), los zanqueros colados y los que han pagado para ver la función dejan la sala vacía. soy un juguete cómico no apto para menores (debido a mi impudicia), siempre me caigo de la cuerda floja, me da porque sí y salgo corriendo a contar ovejas monociclistas, de pronto fumando con la amiga yugoslava que comparte cigarros americanos, me sobreviene un desconsuelo (irregular, con baterías gastadas), se me va la cabeza de aserrín (y el sainete criollo se toma un intermedio musical), como un río que me lleva y aflora la locura (no saber qué pasa conmigo). entonces me coloco antenas de alambre y alas de mariposa y las muevo graciosamente cuando siento que me estoy volviendo loca, salgo encarnizada hacia el norte o hacia el noroeste bordeando el mar hecho de cintas de seda de varios tonos de azules y verdes (hacia el norte me interrumpe el mar), o ensayo que me mato balanceándome en el marco de la ventana de la caja de aire cirquera o planeando una maroma volantinera al borde de la azotea del edificio maqueta. también sé llorar de mentira, en los interrogatorios, bajo la ferocidad de la luz de los interrogatorios, cuando siento que no puedo soportar el miedo a que nos quiten el apartamento y nos lleven a un centro correccional para adolescentes y cheburashkas (amaestrados en la urss) o que nos hagan algo tan malo como no dejarnos salir más nunca de cuba, en ese momento actúo como un bufón enano y lloro de mentira para que nos dejen tranquilas, hago reverencias, ojitos y boquitas de betty boop, balbuceo entre gimoteos, lágrimas y mocos repitiendo que queremos reunirnos con nuestros padres, eso es todo, el seguroso rolando mena dice (con voz temeraria a través de un embudo de cartulina rojo) que debemos renunciar a irnos con esos miserables vendepatria que nos abandonaron contrarrevolucionarios lumpen traidores gusanos religiosos escorias, y que la revolución necesita de nosotras.

la espiral de la adolescencia muestra el contenido de nuestra sombra como a través de una linterna mágica, nosotras escenificamos el guiñol de nuestro espanto, somos títeres peleles, sacamos de los bolsillos andrajosos títeres de guante para expresarnos con las manos, o teatro a mano limpia, y por la noche teatro de sombras con el estómago vacío, cuando se va la luz ponemos un quinqué apoyado contra la pared y con las manos conejito, palomitas, mariposas, barcos, hadas extranjeras y magos diplomáticos sacando del sombrero permisos de salida. como somos marionetas de hilo nos manejan con un palito,

pero no somos inocentes, hemos fabricado un monstruo despe-
luzado tragaespadas medio mimado con las manos de una y con
la cabeza de otra, porque hemos aprendido a descuartizarnos
con palabras y con golpes y no hay nadie para detenernos. ¿a
quién se le ocurriría dejar de hablar por cinco días? imbuida de
vergüenza y silencio (un títere de sombra con una idea fija juega
a esto), que no es un juego, no es un juego, no es un guiñol, no
lo es. cuando hablo de nuevo lo hago para decir «dale, aráñame
otra vez para que veas». sin bañarme tantos días me duele la
garganta y tengo pelado entre las piernas, estoy encendida, la
fiebre me lleva a jugar a tener un muro de silencio entre yo y
la hermana torturada torturadora que grita mi vergüenza a los
vecinos, a los comunistas, les habla de mis genitales a las amigas, a la amiga yugoslava le dice a qué me llevaban al médico.
no quiero salir de debajo de la cama de tramoya, sigilosa voy
a proscenio y me asomo al balcón de la cuarta pared y por las
hendijas de la baranda miro los edificios desteñidos y al público
del circo ruso, preparo toronjas con azúcar, me escondo detrás
de la baranda, planeo una invisibilidad muda corcovada de
quasimodo detrás de las persianas, los días agitándose a mi
alrededor con maracas artesanales y yo ni palabra ni bocado
imaginario, están las nubes que son títeres planos y las sombras
de las nubes encima del mar plateado y azul –también títere
plano manejado por varios actores que mueven las olas–, a
veces se adelanta una oscura sombra de nube que va sola sobre
el mar y al poco rato aparece la nube dueña de esta sombra
que le alcanza. si hube de aguantar las incriminaciones que
constan en mi expediente de mentirita, las peleas, las griterías,
que la hermana torturada torturadora me echara la culpa de
todo para que me pegaran con cinto con hebilla con chancleta
de palo, si he de irme corriendo por la calle 42 hacia arriba
para no responder a los golpes, corriendo con la boca de trapo
llena de silencio (así es como aprendo a buscarlo en el fondo del

agua o en la voz del estómago vacío –sin mover los labios, creo que sollozo cuando bebo toronjas con azúcar). a la hermana torturada torturadora que llega después de unos días gritando oprobios la recibe un teatro mudo, unipersonal mustio como magra grieta en el piso de granito verde de la casa de poliespuma, un libreto aparte pudiera articularlo, un libro pernicioso que nunca se escribiría, el libro sobre la relación con la polichinela –la hermana torturada torturadora que no da tregua–, el soliloquio ventrílocuo que inicio a su lado, un cuento infantil donde hay un esperpento que lleva la cabeza del actor principal dentro, *über*-títere que dispone el orden de las salidas del país y la clasificación y numeración de las máscaras que lleva todo el mundo, de los métodos usados en el taller de atrezzo donde se fabrican las marionetas, y cuyas órdenes acatan saltimbanquis y tragafuegos que circulan en automóviles policiales. sería una fábula atroz sobre la hermana torturada torturadora que no se escribirá nunca: la hermafrodita chantajeada se ha avivado, la hermanita menor monta su *sketch* de *dommie*, un pequeño robo al médico de un bisturí quirúrgico con el que le hago un rasguño del codo a la muñeca (su brazo es de madera y el bisturí es un títere plano, estático), y ya nunca más se ensañará con mi rostro de *papier mâché*, inducida por una fuerza nueva soy la hermana menor, bisturí en mano bajo las candilejas: «aráñame otra vez para que veas». (porque las marionetas de hilo llevan un mando, pero también cobran vida, impulso autómata).

la espiral de la adolescencia es un títere plano y bifaz pero no es estático porque tiene una matraca por abajo con la que se da vueltas al aro. cuando se apagan las luces al final del show, las serpentinas y cintas multicolores anudadas a la espiral, como son fluorescentes, una las ve girar en círculos sobre la media luna del escenario.

El deseo

¿Me regala un cigarrillo por favor? Es excitante, entienda usted, para hablarle de eso he de colocarme allí. Necesito correr ese riesgo. El de ubicarme dentro del momento, y el otro, el de contarle a usted lo que intuyo que sabe pero no sabe que sabe aún. Pero en fin, usted espera que yo hable como los locos ¿no?

Viene y me dice un secreto al oído, algo como aliento caliente en la oreja; no logro recordar qué me dice. Sin embargo, yo he andado ese laberinto incendiado buscándola entre el humo y las llamas, he disputado ese designio. Obscenamente ella se me acerca y sus carnes y movimientos lentos me producen mareo y susto, cuando viene y me dice lo que no recuerdo. Nos crían como si no hubiéramos venido al mundo dando fe de un acto carnal e inaplazable; tratando de borrar esa referencia, nos educan en el autoengaño. Como si no fuéramos el resultado de aquel acto impudente de nuestros progenitores. Pero el goce —esa violencia, ese apetito— tiene un fundamento inmejorable. Luego, la culpa mojigata que sentimos de saberlo, la culpa fatua cristiana por la lujuria que va en la dirección genésica. Cuando todos los implicados hemos sido señalados por el dedo invisible de *ese deseo de nosotros*.

Primitiva y vulgar, siendo tan bonita, acentuada en su mundo audaz. Pero, ¿cuál era ese mundo? Jíbara, iba de habitación en habitación, buscaba cosas que no encontraba. Llegaba y me introducía en la boca el mango que había estado chupando hasta ese momento o un trozo del vegetal que preparaba en la cocina —un pepino, una zanahoria—, o me recortaba las uñas con sus dientes perfectos. Masticaba la carne dura que nos daban por la libreta para que yo la comiera luego, o lamía mi plato. La primera vez que sentí que era la mujer más bella del mundo no fue debido a su cara, tan linda. Sentí que nada podía comparársele. La piel resplandecía como agitada en su lumbre y cuando reía un rubor parecía divulgar que la hubieran zarandeado previamente, o que la hubieran estrujado contra la almohada o revolcado en el suelo o atrabancado contra una pared. Reía con descaro. Yo tendría unos seis o siete años. En la imagen virtual sale revuelta de la habitación. Lo hace a menudo, desde el pasado, despeinada y semidesnuda, viene tambaleándose y se sienta de cuajo, ríe ladeando un poco la cabeza hacia su derecha. Sus ojos, su nariz, su boca, la conformación del rostro, eran corrientes, aunque armoniosos, agraciados, sumergidos en ese ardor desvergonzado. El cuerpo la conducía leve, como si levitara al andar; gráciles los hombros hacia atrás, hacían notar, al inclinarse en el espejo, el bulto oculto de los pezones firmes.

Mi Madre en refajo, las piernas cruzadas, los pezones rosados bajo la tela, la media luna de las uñas del mismo color, recordando lo que quiere recordar. Extiende la mano y me agarra por la entrepierna que casi me levanta del suelo y palpa: «¿No se te ha quitado eso?». Articula la consonante líquida lateral l por la vibrante r: «¡A velte!» –dice acercando el rostro con malicia, «Nunca se quita la cosquilla ahí». De súbito le cambia la expresión, se violenta: «¿Viste a tu padre lo que me hace? Si tú supieras». Balbuceando normas emergentes de la lengua: «¡Los di una paliza!». La que decidió abortarme con cuarenta y tres años me increpa de seguido: «¿Viste lo que me hace? ¡Ahora no encuentro la cadena de oro! ¡Me la robó para dársela a la puta esa y los voy a descalabrar!». Yo sintiendo una pena por ella.

Me levantaba de madrugada con café servido en vaso, «dale que nos vamos», y antes de las cinco de la mañana ya estábamos en camino rumbo a Madruga, mi Madre y yo, para negociar por comida. Empacaba una frazada de piso, cuatro cajas de cigarrillos Populares, dos jabones de lavar, tres metros de tela y se guardaba algún dinero dentro del sujetador. La veo reptando como una culebra en dirección a la carretera para que no nos vean salir del campo arrastrando las jabas de comida: un pollo, un cuarto de carnero, frijoles negros, frijoles colorados, plátanos, queso blanco, una calabaza, yucas, guayabas. Me obliga a hacer los mismo jalándome del brazo: «A mí no hay quien me quite nada, me oíste. Escabúllete». La veo agarrar con las dos manos un majá, alargarlo y encogerlo como una S, alisarlo, acercarlo a la cara y sonreír viéndole sacar y guardar la lengüita rajada en dos, antes de lanzarlo como una jabalina o bumerán, después de darle tres vueltas para tomar impulso. Miramos satisfechas la culebra mansa reptando hacia las yagrumas.

¿Me regala otro cigarro, por favor? Gracias. Fui una niña depravada como todos los niños. En quinto grado mientras el maestro de Matemáticas hablaba yo deslizaba la regla de medir, hecha de madera rústica, entre las piernas, entra y sale disimuladamente, mirándole de reojo el pene dormido que se le marcaba debajo del pantalón. Sepa usted que en mi pesquisa, a cámara escondida de la memoria, cuestionándome la causa de su mundo, el enigma de su intención, persiguiendo a esta mujer que emanaba eso, inducida por el mensaje incongruente que le salía por los ojos, por la boca, por las manos lastimadas, los vi una vez haciéndolo. Los espiaba. Ya nunca más quedé tranquila. Me hice inmanente. Verlos me hizo sombra. No vaya a pensarse usted que los días no dejaban de resultar ingratos, que he perdido muchas horas de sueño en la tarea de escoltarla, atenderla, sabiéndola esquiva, acercándomeles mientras dormían. Los vi gozarse detrás de la ventana que daba al balcón. Aún me recorre un fuego al evocarlo. La cámara mental registra ese trastorno, ese placer impuro: ella se abría en dos contra las persianas, él le apretaba la cara entre su pecho y las persianas, comprimiendo los senos desnudos mientras le comía la nuca clavándola por detrás. Él apenas se veía por encima de ella; una mano de él apoyándose en el marco de la ventana, otra por debajo yendo de los senos al rostro, las nalgas, la cintura. Una mano de hombre y una sortija de plata y oro que conozco muy bien, con un escudo en el centro y las tres iniciales grabadas: *A. I. C.*

Ella, ah. Ella sonreía con los ojos entreabiertos en el más ingrávido silencio de ese gusto raro. Hasta que le sobrevinieron unos espasmos desorganizados, su belleza trigueña que palpitaba. Yo no sabía nada de aquello; a mí me parecía que se estaban muriendo. Sintiendo una pena por ella. Pero también ellos sabían de mi acecho. Manejábamos esa distancia como si transportáramos una prenda invisible. Cultivábamos ese espacio que de haberse superado hubiera sido la debacle. Él la manoseaba y yo me daba cuenta cuando al pasar a su lado le rozaba las nalgas o cuando la agarraba por la cintura o le pasaba una mano por el seno, como si estas fueran acciones desprendidas de los asuntos que los ocupaban; él a mí no me tocaba nunca. Cuando lo hacía incidentalmente, tomándome la mano para cruzar la calle o para golpearme, yo me quedaba quieta. Ese sentimiento me nació con ella. Y es que entre nosotras hay una voluptuosidad que proviene de las visitas al médico cuando niña, de aquella sala donde en su presencia me abrían las piernas y me estudiaban.

No es una canalla, no es consciente de todo el daño. Sin embargo, mi Madre con sentirse culpable de cualquier cosa (para ella todo entrañaba un peligro moral, atenta al qué dirán), me había introducido en un mundo mojigato, había trazado unos parámetros taimados y contrarios al cuerpo, fustigando en mí su exceso, el de ella. Pero el cuerpo tiene su verdad y mi mundo emerge depravado. Vea usted, el lavadero detrás de la casa de mi madrina daba a un solar yermo y el jardinero de la casa, que era un señor mayor, me restregaba sobre el lavadero y yo gozaba. Me restregaba ahí. Gozaba que me agarrara por la cintura con sus manos rugosas y fuertes y me frotara los genitales contra la piedra húmeda y fría del lavadero. Ahora mismo llega su olor como el de mi padre, su cara descompuesta. Olía el sudor en la cercanía de su cuello y su camisa empapados, como si me entraran el sol, la tierra negra, la hierba recién cortada. Le dejaba hacer riéndome nerviosamente, a intervalos, justificándolo entre la evasiva y la concesión, como si el jardinero estuviera jugando inocentemente conmigo. Me frotaba con la cara descompuesta. Tendría ocho años.

También el cura Dumois me sentaba sobre sus piernas y me restregaba el pubis sobre su muslo y su rodilla y a mí me asustaba y tal vez me gustaba. Dumois alto y robusto, tenía el tic nervioso de morderse la lengua y yo lo despreciaba por lo que me hacía. En la sacristía de la iglesia de San Antonio, en Miramar, donde yo robaba ostias para comérmelas y probaba el vino amargo destinado a la consagración a ver a qué sabía, ahí donde ensayaba por lo bajo los villancicos antes de salir a integrarme al coro, ahí están las imágenes inconexas de ese gusto raro: como en una composición de Balthus, se ve a la niña recostada en el diván con la expresión de un adulto y ambas manos detrás de la nuca, la pierna izquierda levantada enseña lo que hay; el cura aniñado la contempla mientras sostiene el cordón grueso de la sotana con ambas manos; entre ellos sobre la repisa de caoba un gato gris lame la suntuosa copa del vino sacramental y se mira en ella como en un espejo cóncavo; la escena respira detenida, reproduciéndose en miniatura en la superficie de la copa dorada (sólo la niña cada cierto tiempo mueve negativamente la cabeza mirando al cura con desfachatez).

Me restregaba el papel carbón por todo el cuerpo y me tiznaba de «Negrito» –papel carbón que recogía de los basureros de las oficinas del barrio–, o haciendo una mistura con tierra colorada y vaselina me pintaba como la «Mulata» del sainete criollo. Mi Madre me enseñaba los *sketches* vernáculos y las canciones populares de su época que yo representaba en las iglesias de la arquidiócesis, en las fiestas y efemérides del barrio. Con pasta de diente o con tiza me pintaba una luna llena alrededor de la boca; no importaba que las palmas de las manos quedaran blancuzcas. Luego, después de dos o tres funciones en mi cuadra y en otras aledañas, entrada la noche, bajo el apagón, sentada en el banquito de madera dentro de la bañadera con los grifos secos, sacando agua de la palangana con un jarro, me restregaba la toalla con agua y jabón para quitarme el carbón y el maquillaje del cuerpo, la cara, las orejas tiznadas, y me restregaba entre las piernas hasta que me mareaba.

Doctor, ¿cómo explicarlo? En la existencia hay una vibración o un temblor, y hay una frialdad –como de hospital– que me acontecen; me ha gustado y me descoca esa sensación mal empleada aquí y allá. Hay un frío collage en la memoria. De mi voluptuosidad infantil, un deseo imperfecto, polimorfo, corrupto y puro, me recorre como un frío. Como la llaga de la muerte. Ahí en el roce contra el fregadero en el patio trasero de la casa de mi madrina habría una sombra más poderosa que lo que ella, mi Madre, quiso de mí ¿*Quiso* habría de decir? ¿Un *querer* o un *poder o* un *no poder*? ¿No es acaso pueril el exceso que ella fustiga en sí misma? Ya no está completa, ya no. Al menos yo aprendí a gozar luego, con todos mi atributos.

En el sueño, recostada en el sofá a la hora de la siesta, un ave me picotea en la cabeza. Me aflige un graznido. ¿Qué será? En Miramar los nidos se caían de los árboles. Los árboles en la calle 42 entre las avenidas 1ra y 3ra formaban un túnel de verdor, como si se tendieran los brazos de una acera a otra sobre el asfalto. Los automóviles escasos circulaban entre el abrazo de las ramas y el zumbido del verdor. Los gajos se inclinaban al alcance; alguna penca sucumbía al viento y se quebraba. Debe ser un recuerdo de muy niña aquél donde en un nido desgajado del árbol frente a mi casa, unos gorriones recién salidos del huevo luchaban por acotejarse en el nido y vivir. Fue imposible protegerlos, darles calor, alimentarlos con gotero, vidas tan diminutas, tan ineptos los humanos frente a una vida de ave. Así pasaba a menudo; los niños reparamos en esos acontecimientos. Recuerdo una vez que llevé uno de los gorriones pelones a casa y le di agua, traté de alimentarlo, y lo vi agitarse piando por horas hasta agotarse, lo vi ponerse morado y transparente, agonizar hasta quedarse quieto. Me oriné mientras moría y luego salí corriendo y volví al árbol y lo trepé; la madre me revoloteaba alrededor hasta que puse el pajarito muerto en el nido. El viento de mar, los rayos y relámpagos, arrancaban de su simiente cualquier cosa. Un nido aguanta hasta que llega un viento de mar rotundo, una ventolera tremenda, un norte con aguacero.

Me late ahí (hablando como los locos). Pero usted no dice nada y yo le estoy pagando. Me temo que usted lo previó. Comprenderá que dejo aquí la sesión de hoy. No me defiendo de nada. Siento que me va la vida en ello… digamos…, sería improductivo seguir hablando de lo mismo. Pobre de mí, infeliz usted que calla al enterarse. Porque usted también se excita y por eso quiere regresar al tema una y otra vez. Yo no nací reprobando esto, sin embargo, me educaron en rechazarlo.

¿Si le di el cigarrillo…? ¿Cuándo? ¿Quién se hubiera negado? Él la tenía enganchada por detrás y yo le alcancé lo que pedía mientras se tomaban una pausa. Se lo prendí y se lo entregué encendido, como otras veces. Y ella surgió de la oscuridad y se hizo un claro para que yo pudiera atisbar su mundo. Ese rostro indócil alumbrado por la luz de la calle. Trate de comprender, Doctor. Mi desesperación nace de esa relación turbia.

A mi padre me acerco con un ansia tosca, selvática. Pero mi padre es un punto ciego en la memoria; mi hermana torturada torturadora no nos dejaba acercarnos. A mi padre lo encarno mentalmente a ver si lo siento, y esa empatía pervierte para siempre mi apetito, arrojándome a un letargo y a una suspensión sensual que no parece deseo ni parece nada. Mi silencio como una estaca en el aire entre mi padre y yo.

No por motivos morales sino porque nunca he sentido nada superior a aquello.

Mi Madre abierta de cuajo bajo la fuerza de él. Su piel que olía a monte, a canela y vinagre, a algodón almidonado, a naranja. Él que siempre está más lejos. Entre él y yo, la espléndida muerte, su ademán viril, sus manos finas, su sortija de oro y plata, su cuerpo fibroso encima de mi Madre como un asesino, su boca de sangre. ¿Qué se decían? ¿Por qué hablaban? ¿Qué palabras provoca esa complicidad, esa lujuria ciega, torpe, demente? Voy y le entrego el cigarro encendido, sabiéndolo. La memoria es humo. Humo de cigarrillo. ¿Cuántas palabras hermosas pude contar entre el humo? Ella siempre nos amenazaba con prenderse fuego para no aguantar más tanta desagracia. Y que la viéramos consumir su belleza. Así la hallo en sueños, joven todavía, consumiéndose en el silencio del fuego, palpitante. La imagen es un puño: el fuego devorando todo y hasta ese goce oscuro, esa crudeza de la emoción en la mirada de mi Madre. Cuando trato de sacarla del fuego, el humo no me permite ver ni respirar. Toso, camino el suelo ardiendo, me asfixio doblada en dos; se me queman las puntas del cabello y hago por despertarme. Atravieso la boca ciega de la desesperación, los fragmentos de una historia insostenible. Un ataque de pánico no es lo que yo siento (¿usted no comprende?). Yo siento un vacío descomunal, una agonía integral, entonces, producto de ese abatimiento y de esa violencia, los síntomas físicos de la locura —ese animal feroz que me desgarra. La voz juega, hiere y ya no resisto un murmullo más. He deseado callar esa voz, ese rumor que me mata, esa voz descomunal que apela en su elocuencia. Y usted, ¿escucha algo así? ¿Lo amenaza algo así?

El Mariel

Despierta sacudida por sus gritos, como si la diatriba inconexa fuera una fuerza bruta capaz de levantarla de la cama, mientras una luz fulgurante y nueva entra por las persianas viejas, disparejas, carmelitas, despintadas, un listón de luz caído por ahí, una persiana en falta, otra cerrada colgando del riel desprendido, y el grito se hace rasposo y ronco en rr del nombre que baja hasta el pecho, porque es un grito que acusa y pide ayuda a un tiempo, un imperativo elegiaco dentro de otros gritos que ordenan y preguntan por cosas extraviadas: un blúmer rosado y nuevo, un parte a la Policía, una vigilancia proveniente de «allá arriba», un reguero de trastos de cocina, una nota en el expediente. Los gritos de una loca que seguramente escuchan los vecinos además de ellas dos. Está oyéndola decir estas cosas como si las dijera otro y no hay nadie en la casa a esta hora mas que ellas dos, mientras el padre —medio ciego debido a unas cataratas desatendidas— quizás haya ido tropezando por ahí a buscar pan para untarlo con aceite y ajo, y la hermana torturada torturadora tal vez duerme aún en casa de la tía, en el Cotorro. Se asusta de verla así y se llena de miedo y de ternura, siempre la ternura alrededor de ella, como si se le hincharan las ansias de ayudarla con un afán compatible a la fuerza de la garganta de la que grita. Son los gritos de una persona cuerda que se ha vuelto loca esta mañana, así de pronto, ha amanecido allá arriba en la cima de esa exaltación extraviada, esa boca ciega; ella sabe que a la locura se llega a través de un poso de sombras. El refrigerador General Electric con goma de sellar rusa, hace ruidos. Grita que no da fe de lo que dice el telegrama. ¿Qué dice?, pregunta a sí misma y se le ahoga el pecho de sollozos, de un dolor que es un muro líquido y oscuro, la marea del Golfo cayendo sobre ella, como si una ola le detuviera el pecho, grita algo, que si Dios mío, ay qué dice aquí, porque los ojos no pueden leer llenos de agua salada, agua de mar que le llena la garganta también, los ojos hablan dislocados avasallados por la corriente y el agua los va llenando como a un ahogado en el estrecho de la Florida; cierra un ojo y luego otro a ver si se le aclara la visión y tiembla la Madre como rama de alga.

Lanza por la caja de aire unos pantalones raídos del hijo y lanza una acusación por la caja de aire, caen otros objetos miserables pero son los que tienen, una cazuela quemada y una injuria con rabia y dolor, dolor de la Madre que a la hija la impulsa a asistirla, corriéndole tras los movimientos acelerados, los gestos desvirtuados por el azote de la mente y la emoción, movimientos impredecibles, violentos. Allí mismo en la cocina agarra el cuchillo viejo y sin mango y llevándoselo al cuello hace para matarse, pero antes de que alcance su aorta le detiene la ferocidad de la hija. La niña de once años y la mujer de cincuenta y cuatro forcejean. Con los brazos flacos agarra los brazos robustos y tensados, pugnan, fuerza contra fuerza, fuerza loca contra fuerza hinchada por aquello que le siente a la Madre y por el miedo a ser menos fuerte que ella, miedo a cortarse con el cuchillo, a sacarse un ojo sin querer y a que venga la policía y ya no puedan irse más nunca de la isla cárcel. Como si bailaran abrazadas llegan hasta la sala frente al viejo refrigerador General Electric que gotea agua fría –la puerta amarrada con una correa de cuero. Entonces la Madre resbala y cae de nalgas sobre el agua fría deslizándose de los brazos demasiados delgados que la asen para que no caiga del todo; no se golpea la cabeza porque le tiene las manos que sostienen el cuchillo oxidado y sin mango. A la Madre una pierna le ha caído mal torcida, la rodilla hacia adentro de la manera que duele –doliéndose ambas–, mientras la hija también mete los pies descalzos en el agua helada. No soporta verla así. Por eso, aunque enclenque, saca más fuerza que la Madre y le arranca el cuchillo lanzándolo al fondo de un estante oscuro de la cocina oscura. Aunque pensándolo bien, la cocina en esta época todavía no es oscura, aún no se ha convertido en el cucarachero infernal que fue luego, cuando los padres se fueron y quedaron abandonadas las dos hermanas. Ya no recuerda cómo se apacigua esta vez, si debido a algo que hablan o si debido al dolor en el coxis por la caída, pero la fuerza de la Madre se extingue frente al refrigerador mientras balbucea frases inconexas, retazos de sus vidas y de la espera interminable para irse del país, y del Mariel como hormiguero humano, que si el hermano que se fue hace tantos años regresa a buscarlos. El hijo disfrazado de otro con espejuelos oscuros para que no lo descubran y arresten por haberse escapado en una balsa durante la crisis de los misiles.

Vaya proeza, dice ella, y se persigna porque los huevos que no han llegado no llegarán nunca, que si los tres pesos perdidos en la guagua, que si el blúmer rosado sigue perdido o fue robado por alguien −un blúmer viejo con el elástico estirado y con huecos, un blúmer socialista manchado, un blúmer mierdero. Y toda la gritería y todo lo que viven como denostados, toda la suciedad, las consignas, las penurias, los despojos, el hambre, los interrogatorios, el acoso de Cándida la presidenta del Comité de Defensa de la Revolución, que se ha ensañado con ellos. Mírala, dice ella, a la hijadeputa del CDR burlándose de tu padre ciego recogiendo basura y acumulándola en los bordes de la acera; el que se meta conmigo, ya vas a ver.

El balcón da a un vacío de tres pisos, un vacío que se estrella sobre la escalinata de la bodega a cincuenta pasos del mar. Todo se escurre por la caja de aire. Por la ventana descascarada que da a un vacío de tres pisos. Una caja de aire gris a donde dan las ventanas interiores destartaladas de las cocinas de los doce apartamentos, por donde de noche merodean los ratones, caminan o vuelan como avionetas las cucarachas.

El 18 de abril de 1980 es la Marcha del Pueblo Combatiente. Por la caja de aire lanzan las cosas que quieren regalar, las lanzan con alegría porque significa que se van después de tantos años de espera, de tentativas y negaciones de salida. La hija regala con alegría los tesoros acumulados a cambio de una alegría mayor, una alegría desprovista de garantías: su esquimal rosado de peluche que le compró la Madre cuando se sacó el primer día en el sorteo anual de los juguetes. ¡Puaf!, lanzándolo en el nylon transparente donde lo guardaba oliendo a nuevo después de cinco años. Guardaba un olor con el esquimal rosado, lo resguarda del mal olor, de las cucarachas, del tufo a gas, de la mugre, de la pobreza y el desasosiego socialistas. Puede destaparlo y aspirar el aroma a juguete extranjero intacto dentro del nylon, e imaginar otro mundo con colores frescos y olor a nuevo.

Lanza con alegría las dos mudas de ropa por la caja de aire porque en Estados Unidos no las va a necesitar nunca más, por eso tira los dos vestidos a la vecina del segundo piso y lo hace con suficiencia, sintiéndose privilegiada en medio del caos, aunque ha sido denigrada y humillada públicamente, maltratada por las autoridades de tantas maneras, rechazada por los amigos de la escuela que le gritaron insultos y la escupieron debido a la condición de gusana, debido también a que va a la iglesia y gusanea, gritaron lumpen, escoria, religiosos antisociales, tiraron piedras. Pero ahora es la alegría de poder lanzar los caudales de la pobreza despidiéndose de todo aquello. Es acabar esa mala vida. Una estrategia emergente que los cuatro practican erráticos, retozones, aturdidos por la espera. Cuando tocan a la puerta o cuando se estaciona algún automóvil estatal frente al edificio, suponen que les llegó la hora de partir. Ensayan para cuando de verdad los agentes vengan a buscarlos para llevarnos al Mariel. Tendrán que hacerlo en nada, salir corriendo sin ningún equipaje. Está prohibido cargar con algo para la travesía; igual no tienen nada de valor como una joya o un dinero o unos retratos de familia. Por eso es que regala los Diarios de la abuela y la pañoletera que heredó cuando se marchó su madrina, lanzándolos por la caja de aire en una bolsa de plástico amarrada a una soga, con cuidado de que no se golpeen contra la pared. La caja de aire conecta a todos los apartamentos por la ventana de la cocina. Unos Diarios tan finos, hechos a mano con el cuidado que ponían las adolescentes de los años veinte, y en ellos sonetos de Garcilaso, de Góngora, de Bécquer, poemas derivativos, dedicatorias, dibujos pasteles, acuarelas, un mechón de cabello rubio cenizo, autógrafos cubiertos con papel de celofán. Unos Diarios foráneos a la pobreza de todo lo demás, que ella muestra a las vecinas levantando con cuidado el celofán amarillento que cubre los sonetos y los dibujos, las elaboradas caligrafías y las dedicatorias. También se despide de la colección de pañuelos de mano antiguos que convive con polillas y con cucarachas diminutas que vienen a esconderse ahí.

Carmen Díaz se asoma con sigilo, conversa con la Madre en un susurro de puerta a puerta, vigilando la escalera no sea que las sorprenda alguien. El aire está lleno de rumores pero sólo hay que oír al que ha estado adentro y ha salido con un salvoconducto. Dice, cuarenta y tres días en la embajada y un mulato de la seguridad estaba allí para armar lío; sobreviví a base de infusiones con hojas de los árboles aledaños, dice. Las cajitas que reparten siempre se quedan cortas, los policías que las reparten juegan a lanzarlas por la reja para que se arme la matazón; el gran problema es el espacio, éramos una masa compacta. Baja aun más la voz y levanta las cejas: Fidel dijo que los familiares podían recoger a sus familias, pero a los que solicitan irse como homosexuales o vagos les dan un salvoconducto como el mío; este documento garantiza la salida del país. Debo permanecer en mi casa hasta que me vengan a buscar. Mírenlo:

(Escudo de la República de Cuba)
República de Cuba   050931

Ministerio del Interior
Salvoconducto definitivo
El presente salvoconducto le dará a _Carmen Bárbara Díaz Mahfuz_ los siguientes derechos:
1.-Salir al exterior a través de la Embajada de Perú si este país acepta recibirlo.
2.-Salir al exterior a través de la Embajada de Perú a cualquier otro país que le conceda la VISA correspondiente.
3.-Salir al exterior directamente de modo legal si cualquier país le ofrece VISA.
El poseedor de este Salvoconducto deberá residir en su domicilio y no deberá regresar a la Embajada peruana hasta que la situación actual haya sido resuelta.
(Firma de funcionario MININT y cuño)
(Firma del autorizado)
(Firma de funcionario MINREX)
Ciudad de La Habana _17_ de _abril_ de 1980

Están exasperados cada hora del día que pasa e intranquilos cuando duermen poco y mal. La Madre a veces camina por la casa con un maletín de hule negro vacío colgándole del brazo, el mismo que llevó a Guayos cuando murió abuela María. Desde el balcón que mira al mar les llega la farsa la patriótica (porque muchos de los que gritan insultos y tiran piedras quisieran ser de los que se van), la comparsa lacerante, día y noche oyen la brutalidad de las amenazas y el desparpajo de los insultos, los alcanza el detonar de los objetos estrellándose contra puertas y ventanas. Se manipularán dos viajes con carga humana que será el canje como condición para dejar salir a la familia de cuatro. Pero las autoridades las dos veces los dejarán esperando y lle-

narán el bote de hidrocefálicos. Ciento veinte hidrocefálicos en
dos viajes a La Florida sin ellos cuatro a bordo. Las autoridades
no vendrán a buscarlos para llevarlos al Mariel y embarcarlos
rumbo norte. Con todo y que los de arriba querrán quedarse
con el apartamento en la «zona congelada», no surte el milagro.
El puerto cerrará el 31 de octubre de 1980 y no los habrán ido
a recoger. Ni una explicación ni un reclamo porque puedes ir
preso. La hija sabe que esto no ayuda a la Madre. La Madre se
queda vacía frente al televisor. La hija escribe lo que ve y lo que
escribe le da mareo y la tambalea, enfrenta los hechos como un
golpe en el rostro, en la cabeza, un golpe peligroso en la sien;
que se acabe todo y ellos permanezcan en Cuba sin trabajo,
sin escuela, perplejos en un día a día al que ya no pertenecen.
El golpe de las palabras sigue la intención de la mente que se
rebela; la mente trata de comunicar lo vivido pero decirlo puede
costarle la vida. Ella ya no es ella, la adolescente que escribe, es
un latido con los ojos vendados.

El padre medio ciego cría dos gansos blancos en el balcón,
uno macho que es una fiera y una hembra que es una santa;
también cría un gallito chino que es un primor y que parece
un perro *poodle* bien acicalado. Es un gallo fino que cacarea
ronco y tiene flecos que son plumas blancas cayéndole como
un surtidor sobre el pico negro. Un gallo tan raro que levanta
sospechas en un país donde se sobrevalora la sospecha. Más
lindo y más pequeño que un gallo común, tiene las plumas
repartidas para adornarle aquí y allá sobre el pico y la cresta
negros. El padre también cultiva plantas florales y decorativas
para vender y hacer jardinerías. En distintas épocas han tenido
crías en el balcón que da al mar: pollos cacareando, conejos
silenciosos, unos cuantos guineos. La cría de pollos comienza
en la habitación; la Madre trae los huevos y los pone en una

gaveta de la cómoda llena de aserrín y acerca un bombillo encendido permanentemente, hasta que se abren y salen los pollitos. Las crías se hacen a escondidas y han de durar poco; hay que comérselas o venderlas. Las macetas se alinean contra el muro del balcón y por allí, cuando se limpian las jaulas, pasean el gallo chino y los gansos, con sus alas cortadas, como dueños reales ensayan un vuelo con las alas cortadas. El ganso macho ataca con astucia; cuando se le pone maíz molido llega silencioso por atrás y ¡zas!, el picotazo que es como una mordida porque no suelta hasta que gritas y sacudes y deja un moretón hinchado en los glúteos, en las pantorrillas, en los antebrazos. Feroz como un perro el macho, suave como una santa la hembra, los gansos que zigzaguean en el balcón tienen las alas cortadas. No es conveniente que llamen la atención el graznido de los gansos y el quiquiriquí ronco del gallo chino, que debe ser distinto cada vez.

Ahí en el balcón junto a la manguera del agua se hace un chapoteo de porquerías porque no sella la junta entre la manguera y la llave de la pila que es más fina que la boca de la manguera. Cuando ponen el agua la almacenan en los canteros. Los desagües deben estar taponados para que no gotee hacia abajo. No se puede tirar agua así como así ni llamar la atención sobre el asunto de las crías. La Madre dice que qué remedio que los matan de hambre que el comunismo es una mierda que quisiera morirse que se caga en la madre de Fidel Castro. Cállate el pico Gaviota que nos vamos a meter en un lío, dice el padre medio ciego mientras barre la jaula de los gansos. El padre tropieza con las jaulas. La Madre dice, los gansos no se comen, y da una patada al ganso macho que lo deja aturdido. Déjalos Gaviota, dice el padre y se pone rojo de ira. La manguera es verde y corta y remendada y la junta es amarilla descascarada; el piso es blanco veteado de verde. Los helechos y las macetas van desapareciendo del balcón. Los días pasan y no los vienen a buscar. Ya saben que los dejaron. La Madre corre de la cocina al balcón con una tijera abierta en la mano, viste una bata de casa y calza chancletas de un mismo color rosado amarillento desteñido, amenaza con herirse o lanzarse por el balcón, dice que no puede más que todos somos unos hijos de puta, dice que limpie y cocine otra, que no hay nada que echar en el sartén. Los gansos se alborotan y el ganso macho se violenta repartiendo picotazos; el gallo chino sale de la jaula cacareando espantado, entra al apartamento en un revuelo y vuelve a salir a posarse en la pila de macetas sucias volteadas hacia abajo –algunas plumas blancas vienen a posarse luego de unos instantes sobre el negro de las macetas y la malanga en agua.

Ella mira desde adentro de la casa por la ventana que da al balcón y la mira por dentro, a la Madre. La observa unos instantes antes de socorrerla. La ve orinarse ahí mismo en el balcón. Pone todo en salvarla. Le toca detener su fuerza y su trastorno, frenar el escándalo, irse con ella en la ambulancia porque le ha subido la presión y se desmaya, verla volver en sí y agitarse, como le inyectan un sedante en el brazo mientras forcejea, internarla, hablar con los médicos, acompañarla sedada en la butaca, cantarle, pasarle la mano por la frente, traerle unas chancletas, con un trapo untarle alcohol en la nuca, comprarle ropa interior, comida, conseguir meprobamato.

En un pedazo de papel cartucho escribe:

Si su ruta salvaje
si el mar trae un sinnúmero de vías
si imperceptiblemente enloquece por dentro
si ya sé qué la agita
si sobreviví que ella enloqueciera
si calla como si vibrase.

Apagones

La presidenta del Comité de Defensa de la Revolución está tocando a la puerta acompañada por el agente de la Seguridad del Estado Rolando Mena y no voy abrir. Está claro que me vieron llegar y anotaron la hora, pero me voy a hacer la que me fui a otro lado. Me quedo quieta encogida en la habitación mientras tocan a la puerta, pero insisten con firmeza. Se oyen voces; me acerco en puntillas a escuchar qué tanto hablan: Estos gusanos son lo peor, no van a cambiar, son la única escoria que queda en mi cuadra, los mataría con mis propias manos, si te digo yo, abre que te vi llegar. Con un alambre de perchero están abriendo la puertecita de la mirilla; veo la punta del alambre entrar en la casa y me escurro bien pegada a la pared fuera del campo de mira, hacia la habitación de mis padres que lleva cuatro años vacía. Me encojo más aún detrás de la puerta y en lo oscuro miro al San Lázaro. Brilla la lentejuela del manto morado con el reflejo de la luz nocturna que entra por la ventana –brillo como de ala, carapacho de cucaracha. Brilla la hojalata del bastón y también brillan los ojos de vidrio del santo.

Qué se vayan, digo mentalmente mirando los ojos de cristal del santo –ojos agallinados como los de mi Madre. Qué se acaben de ir. Oigo un forcejeo con el llavín y me encojo un poco más detrás de la puerta que esconde el altar de San Lázaro; prendo lo que queda de la vela. La tacita de café de la ofrenda tiene en el plástico transparente anillos de café reseco porque ya nadie la rellena, pero los cuatro años están ahí en la memoria del café que se hubo evaporado, enturbiándolo unas veces más que otras. Y un guano bendito seco sobre la estampilla de Santa Bárbara que mi Madre reemplazaba cada Domingo de Ramos. Ya una vez había visto antenas de cucaracha asomar por debajo de la capa morada y raída del santo, la capa bordada de lentejuelas doradas. Había descubierto a unas tres cucarachas voladoras reposando y a cuatro o cinco cucarachas medianas no aladas que habían hecho del cobijo del santo su hogar. Venían por las ofrendas azucaradas. Pero ahora las cucarachas se han ido, habiendo dejado el tejido carcomido, agujereado, polvoroso. Entonces olía a cucarachero, a Viña 95, a café fresco, a almíbar, a ofrenda de fruta. Los miserables conocemos el olor a cucarachero; la oleada de ese olor persiste en la memoria. Ahí está el cabo de tabaco que mi Madre fumara frente al santo, y entre cachada y cachada un pedido en el humo: que nos llegue el affidávit, que llegue carta, que se muera ese demonio, que le pongan una bomba, que le peguen un tiro, que lo haga alguien que esté cerca de él, que le den a beber salfumán, que nos den la salida.

Se dan por vencidos y se van, pero no puedo salir de la habitación ni cerrar la mirilla, por si regresan. El cabo de vela hace rato se ha extinguido. Me quedo dormida en el piso frío porque el calor es tremendo, afinando el oído tratando de escuchar si hay alguna cucaracha, me rindo, hasta que alguien toca distinto dos, tres veces y despierto. Voy hasta la puerta avanzando pegada a la pared porque la mirilla sigue abierta. Me asomo con sigilo por la mirilla, descorro el cerrojo, abro de pronto y entra la luz floja del pasillo sobre el silencio; alguna vecina ha dejado un plato de comida en el suelo frente a la puerta. En un sólo impulso me inclino, agarro el plato y cierro, yéndome agachada al balcón para ver lo que como sin encender la luz, alumbrada por la luna. No corre una gota de aire. La cuchara tintinea en el plato. Religiosas de mierda, gusanas hijas de puta, oí a la voz. Acuclillada, pienso en nada mientras mastico muy rápido huevo frito sobre una montaña de arroz y papas fritas tibias, pero las palabras vienen y van como traídas por la brisa: no van a integrarse, pero las voy a joder por gusanas. Como con la agilidad autómata de la inanición. Viene un apagón: el trozo de ciudad se disipa junto al mar. Tal vez solamente me bebo las estrellas.

El apagón viene de arriba. Me sumerge en la tiniebla más lúgubre todavía. Un apagón que durará el resto de la noche y parte del día de mañana y una no puede bañarse, lavarse los dientes, las nalgas, abordar el elevador de la Manzana de Gómez hasta el quinto piso ni ver claro; un apagón puntual a cualquier hora reafirma lo inscrito en el inconsciente de cada uno: que una fuerza mayor rige nuestras vidas. Un apagón es la realidad del asunto; nada más real que un apagón largo que espero que pase. En lo que dura el apagón una se pliega en sí. El apagón es una táctica de ahorro: se escogen las áreas estratégicamente, se fija la exclusión de áreas turísticas y diplomáticas, se calcula el beneficio represivo. Se va la luz y como que viene de arriba, de una fuerza mayor que controla mi vida, la oscuridad me entra y se me instala dentro. Apagón, no sube el agua y los interruptores muertos, los bombillos no funcionan; una le da dos y tres veces a las lámparas para comprobar que es un apagón y no que dejaron de funcionar los interruptores. Luego una se asoma para constatar que todo el barrio está a oscuras.

Si quitan la electricidad durante la tarde las vecinas esperan durante horas sentadas allí abajo con las jabas de mandados sobre las piernas o con los brazos cruzados. Pudiendo subir por las escaleras unos cinco pisos, siete, no lo hacen hasta que regresa la luz. Se quedan abajo mirando hacia la calle con los ojos vacíos, silenciosas, a veces conversan algo, que si llegó la manteca al mercado o si se fundió el bombillo de la escalera. Sentadas en el muro, enjutas, mal alimentadas, a cierta distancia unas de otras, parecen incapaces de emocionarse. Pero si pasa alguien del Comité de Defensa de la Revolución o alguien vinculado al gobierno, entonces esbozan un sonrisa y un saludo que denota la emoción del miedo. Erosionadas como la ciudad, pagan por esas muecas mal logradas y por cada vez que bajan la cabeza; pagan con una enfermedad interior y un apagón autoinfligidos. Y así año tras año día tras día tengo una oscuridad dentro hasta con la luz encendida. Por eso todos estamos apagados con la piel mustia y la mirada sombría. Somos sombras. Los que no, los que tienen su luz la hunden más adentro aún que el apagón que llevan dentro; no la sacan nunca, no la dejan ver. Los que la tienen simulan no tenerla. Hay que lucir apagados. El apagón ha de ir por fuera. En un país donde nos achicharramos de sol hay un apagón inoculado en una, un apagón colectivo y apagones personalizados, un carnet, un expediente, un reporte de vigilancia, una denuncia, un acta policial y una historia clínica que son la materia prima de los apagones. Muéstrate apagada y no te apagarán la última lumbre que te queda escondida en las entrañas; podrás salvarla si la guardas en la sangre –último resquicio antes de envilecerte del todo. Pase lo que pase no saques a pasear tu luz. A veces cuando parece que va a salir la luz por algún lado –por la cuenca del ojo, en un impulso instintivo, en el acto fallido, por la boca, en la palabra traicionera– imponen apagones diarios y las gentes rumian sus apagadas figuras autómatas, hundiéndose más y más en la tiniebla interior donde algunos ocultan lo suyo y se disipa el ansia. Cuando se va la luz con una sacudida de tuberías y una vibración de la corriente eléctrica interna, una verdad del rostro se acuesta con la tiniebla. Se oyen tropezones y alguien maldice. Luego los ojos aprenden a ver: suéltame la cabeza, dice la luz a la tiniebla del apagón siniestro que viene de arriba, apagón que ejecuta la sinécdoque hombre/Estado. El apagón es la verdad de todo esto, folklore del juego de poder. Tantos apagones puntuales a cualquier hora terminan fundiendo los bombillos, quemando la bomba hidráulica, rompiendo el refrigerador General Electric con la goma de cerrar rusa, desaguándolo, derritiendo la nevera vacía. Entonces se hace un charco grande frente el refrigerador y si una se olvida de la incidencia, resbala y cae sobre el agua helada.

Cuando viene un ciclón siempre hay apagón. El mar entra y sale de la calle y el viento afloja las bisagras, hace estallar las ventanas. Cuando estaban aquí, mi Madre encendía el guano bendito que guardaba en el altar de San Lázaro que era de mi padre, encendía el cabo de tabaco y humeaba al santo y a la Santa Bárbara de la estampilla le quemaba el guano dedicándole un rezo para que se fueran los vientos, dejara de tronar y volviera la luz. Cállate y no cantes esa mierda –dice mi Madre y espanta la canción guerrillera que yo entono en lo oscuro. Todo lo que te dicen en la escuela es mentira –dice mi Madre y espanta el apagón que tratan de inocularme.

Madre nuestra

Pudiera ser un relato de fantasmas de los que erizan la piel y afinan los sentidos, pero no lo es; a sabiendas de no poder cumplir, no promete tanto. No hará falta un espectroscopio que confirme una actividad inusual cuando parpadea un cenital fallido; se sabe que los teatros están siempre cargados. Así que apague usted la habitación del pensamiento y deje a oscuras esta historia. Porque en este teatro han sucedido algunos siniestros.

Un antiguo tramoyista falleció electrocutado mientras arreglaba un interlocutor a los camerinos. Un marido celoso había asesinado de un disparo en el pecho a una acomodadora, justo a la salida del teatro. Otro caso curioso es el de un reo aristocrático que enfrentándose a la guillotina en plena función, salió rompiendo con la cuarta pared, huyendo en el justo momento en que el verdugo inquisitorial se disponía a ejecutarlo, y ya nunca más se supo de él; hasta hoy sigue abierta la investigación policial, según cuentan. Sabido es que en el teatro modesto pero funcional de Coral Gables, un célebre Orestes había muerto infartado cuando vacilante, calculando el matricidio, él mismo se desplomaba encima de Clitemnestra. La matriarca, tratando de salvar la escena, zafándole al cuerpo y sacándose el seno blanco, gemía: «Te he amamantado». Improvisaba así otra muerte cardiaca, quedando colgada de la suntuosa cama sobre el escenario, cuerpo y seno blanco obedeciendo la fuerza gravitacional. Será que por aquí quedan ellos, varados en la madeja de estos momentos liminales. ¿Será posible que las muertes (real y fingida) de Orestes y Clitemnestra trastocaran a las almas que habitan el más allá? Puede que los espíritus sean convocados en un teatro porque la simulación que toma lugar aquí les confunde, abriéndoles camino hacia la otra representación

—el teatro de la vida que muchos desvivimos en melodramas banales. O puede que ciertos actores (los muy talentosos) sean capaces de *crear* el espíritu de su personaje. ¿Acaso cabe en la representación un intercambio de almas? Tal vez, hacia el plano existencial se desliza un muerto extraviado en el limbo de la eternidad, encarnando en un actor durante el acto creativo. O puede que un actor que vive como suya la vida de una figura histórica se deje poseer por ella, o por un ente afín, haciendo espacio al alma que acude, corporizándole. O puede que quizás, sumergido en una caracterización meticulosa, mirándole como a través de una pecera cuyo cristal es el tiempo, el actor vaya al encuentro del difunto y no regrese. Los actores serán médiums de almas que pululan la puerta del umbral. Porque un teatro es una puerta al mundo invisible. No dude usted que en nuestra ausencia los espíritus urden su trama. En la cocina del teatro se disparan los electrodomésticos: el mini refrigerador cancanea, la cafetera reverbera humeante, el ventilador camina. Pestañean las luces de la recepción, se mueven objetos inanimados como tocados por la brisa (cuando las ventanas están cerradas), un lápiz cae, una hoja de papel vuela, sorprende algo parecido a aliento cerca del oído, se extravía una llave, una copa estalla al mínimo contacto, abres una puerta y llega un aroma de flores mortuorias. Cuando acudimos a constatar estas irregularidades, tras nosotros, las máscaras que adornan las paredes se hacen señas y el reloj del pasillo mueve las manecillas en la dirección opuesta, pero si nos volvemos a mirarlos todo está en orden. Ellos izan nubes, en un hilito de voz sofocada pasan mensajes a través de los conductos del aire acondicionado, con un hilito de pescar hacen entrar las estrellas a la sala y arden los ojos en la oscuridad; a veces puede oírse un tren que se aleja con su tos de humo y horas muertas. Casi seguro que ellos, los espíritus del teatro, actúan comedias esperpénticas, reviven escenas de vidas pasadas sobre el escenario. O se esconden dentro de los roperos. Frente a los espejos de los camerinos buscan inútilmente la imagen extinta. Desesperan recitando monólogos con voz de embudo cerca de ventanas y puertas cerradas; conspiran a nuestras espaldas y no son inocentes. Haciéndose perceptibles sólo en raros trances, durante ciertas fijezas adormiladas en las que se traslada el punto eje de la realidad. Por eso quizás parpadear sea alertarse; sólo para que se cumpla la simultaneidad temporal que pudiera revelarlos, hay que estarse quietamente distraídos. Para el aletargado que escapa de la actividad social y el fragor urbano –alertas los sentidos en reposo, apaciguado y afinado como quien toca una octava sostenida en el violín y el arco baja haciendo resonar la nota hiriente perfecta dentro de la caja de resonancia–, se abren compuertas a lo invisible. ¡Tan difícil es constatar estas actividades inusuales que se deshacen en nada! Pasando por muerto, hay que hacerse soluble en el silencio. Así y todo lo más probable es que nada acontezca. El caso es que es muy propicio un teatro para cobijar algún que otro espíritu melindroso con lo que dejó atrás, territorial, aferrado a sus momentos. Sépase que un teatro vacío tiene su obra andando y su público fantasma. Si no que nos pregunten a los teatristas; nosotros sabemos lo que se siente en un teatro vacío. Atestiguamos lo sobrecogedor que es casi a oscuras, cuando todos se han ido y aún quedan las resonancias de lo visto y escuchado, los alientos y los olores, las presencias de lo que se fija sobre el escenario, las reacciones del público enardecido, entregado o aburrido, una tos, un quejido, superpuestos a infinitas representaciones, tramas y desaparecidos.

Una obra de teatro siempre ocurre en varios planos y lo acontecido ahí oscila entre el espiritismo y el ritual mágico. Y esa actividad fantasmal en un teatro es ininterrumpida debido a que la acción vital se fija, borrando y desbordando la realidad, afectándola, superponiendo épocas, figurando una y otra vez, sobre el borrón del tiempo, la pantomima invisible –vitalidades que no se ven. La representación es el vehículo entre mundos posibles; y en este aspecto es clave el talento del actor que hace viable que los difuntos y los personajes (que son otra especie de almas en vilo), puedan alternar. Los teatreros sabemos que estos espacios están habitados por almas desencarnadas que son convocadas aquí, activadas en la escena en pos de la obra de arte.

Aquella primavera concebía y dirigía *Madre nuestra* en Teatro Avante, en Coral Gables, cuando la sede del teatro estaba en la calle Mallorca. La obra por estrenarse era el resultado de un trabajo anterior de la directora; otra vez en colaboración dramatúrgica con Joaquín Baquero. La otrora jinetera (prostituta de extranjeros en Cuba), en busca de clientes, ahora transfigurada en el hijo travestí, merodeando el mismo muro del Malecón habanero. Su Madre desquiciada (que a la misma vez lo añora y desprecia), narra la historia de sus vidas desalmadas intercalando fragmentos de boleros: «Hoy tengo fiebre en la imaginación, Habana de mis fantasías». La directora tenía once personas bajo su mando (entre actores, asistentes y técnicos), un teatro entero que custodiar, boletos que vender (la noche del estreno ya estaba casi toda vendida desde un mes antes), y una crítica expectante.

Para la última semana de ensayos el círculo se cerraba, los actores se poseían por sus personajes, incitados a una vorágine de vías emocionales. El equipo estaba como encendido por una directora que no daba tregua: la animación expresionista rebasaba expectativas, las luces entraban a tiempo, se fijaban los pies de entradas y salidas –rectificando el libreto de luces, el mapa técnico, las pautas musicales–, se ensayaba con vestuario y efectos especiales, con confetis, cubos de agua, trompones, para un teatro físico y extremado. Las escenas cuajaban casi siempre todas. También es la semana en la que los nervios se tensan durante los ensayos. El actor principal que representaba a la Madre, sintiéndose inseguro en alguna escena, se crispaba de terror en los ensayos corridos y la directora tuvo que quedarse hasta la madrugada para convencerlo y contagiarlo de la rareza adrede de ciertos momentos, la arbitrariedad onírica del personaje y de la pieza toda, cediéndole hasta la última gota de aire que le quedaba en el pecho –fumadora empecinada, compulsiva y asmática–, transmitiéndole fuerza y confianza a su protagonista estelar. Eran ensayos largos y agotadores, repetitivos, las escenas coreográficamente complicadas se resistían, cuadros surrealistas, amalgamiento erudito en pos de una perfección resbalosa, escenas asiéndose con los alfileres de una poética cerebral y una estética fluida, en carne viva; la psiquis creadora pespuntando el engendro raro y digitándole como un títere: la resolución mimética del protagonista con la Madre.

Crecían las expectativas. Luego de haber asistido a un ensayo para la prensa, el crítico del diario más importante de la ciudad anticipaba el éxito: «[...] por su concepción del texto y el bombardeo de imágenes que apelan el inconsciente, el trabajo corporal, la unidad de estilo con que trabaja, es una directora teatral de fuerza, no de esfuerzo». Tampoco se ahorró elogios con el protagonista: «Lázaro de Villasante (que da vida a la Madre) da un salto de acróbata con este papel de Madre enloquecida que atormenta a su hijo con la constante petición de un poco de café, [...] catapultado por el hijo andrógeno y atormentado, vestido con la bandera tricolor».

El lunes último antes del estreno, terminando el ensayo, había resuelto el final de la obra. La imagen última había surgido como un destello y ella saboreaba coreografiarla con la certeza de haber encontrado inmejorable punto final: el hijo travestí subía al muro del Malecón contra un mar rojo de fondo (logrado con luces) y se tendía bocabajo sobre él, volviendo el rostro al público subía los glúteos buscando el cielo, como izado por una fuerza invisible empinaba el culo cual montaña de carne sobre el muro; impúdico, producía una imagen irracional y centrífuga bajo la luz lánguida de los faroles que bordeaban la costa cual collar de perlas de la ciudad. Paralelamente la Madre se subía al taburete y entonaba un bolero con ademán trágico: «Hoy tengo fiebre en la imaginación, Habana de mis fantasías. Hoy tengo ganas de cantarte una canción, una ilusión, una ilusión... una ilusión». Pero repentinamente la vieja pegaba una patada a la silla quedando colgada en el vacío; un seguidor de luz sobre su rostro estrangulado la enmarcaba en un círculo. Telón.

Llegado a este punto, lo único que faltaba para consumar el acto creativo era el títere. Deseaba sacar en determinados momentos una marioneta de manga que representara a la vieja matriarca. Ahí estaba en su lista de asuntos pendientes: un títere de manga de la Madre (uno de hilos hubiera sido más complicado manejarlo a la altura deseada), para el que había hecho abrir una ventanita en el falso fondo –que como se ha dicho recreaba el Malecón con su hilera de edificios y palacetes destartalados. Un muro prominente, la acera y la calle, daban a la hilera de edificios que se perdían en un punto profundo del escenario, trampantojo de un tramo de la opulenta ciudad enfrentada al mar del Golfo. Allí estaba en lo alto de uno de esos edificios apilados la ventanita miniatura abierta, recortada en el telón de fondo, a la derecha del público, pero la directora aún no tenía títere que asomar. Coqueteaba con la idea de fabricarlo, consciente de que no poseía habilidad manual (otras habilidades tendría), era incapaz de crear artesanías ni tenía gracia para las costuras. Pero era terca: quería un títere idéntico a la Madre y lo había dejado para último (si bien lo visualizaba asomando la cabeza por la ventanita y hasta había marcado su intervención en ciertas escenas), como quien siente que lo va a lograr todo mientras trabaja como una obsesa dedicándose a otros asuntos. Mientras el hijo jineteara el Malecón, la Madre duplicada por el títere iría de lado a lado de la casa pidiendo café como quien pide salvarse; podría vérsele cruzar la ventana y asomarse a gritos, como si se fuera a lanzar al vacío: «¡Café! ¡Café! ¡Café mi hijo por Dios, consígueme un poco de café! ¡Caféééééééééééééé!».

El estreno era el viernes. El martes, antes de que comenzara el ensayo, una luz cenital se desprendió de la línea de luces estrellándose sobre la cabeza de una de las asistentes de sonido que en ese preciso instante cruzaba el escenario, y hubo que correr con ella para el hospital –la infeliz recibió siete puntos sobre la ceja y hubo que limpiar el escenario y la alfombra del teatro que habían sido salpicados de sangre. Les esperaban otras desgracias; esa misma noche, el diseñador de luces perdió el equilibrio mientras colocaba gelatinas en los focos, cayéndose de la escalera y lastimándose el brazo derecho, que aunque no tuvo fractura tuvo que llevar colgado de una funda durante semanas. El miércoles el actor principal se torció el tobillo subiendo a proscenio desde la sala de butacas, luego andaba cojeando por el escenario durante el primer ensayo ante un público selecto de teatristas y actores del patio –que son los peores críticos.

Estuvo cruel; durante el ensayo hizo que el protagonista realizara todos los movimientos marcados sin consideración ninguna por su tobillo lastimado; lo humilló delante de los invitados para que le doliera el dolor del tobillo y el dolor de sentirse humillado en su dolor físico y actuara mejor. El personaje de la Madre salía del mismo dolor del pie lesionado, demacrada y marchita, con matices diabólicos. No tuvo compasión ninguna (¡venirle con un accidente de *prima donna* en los ensayos corridos!), y el actor obedecía estoicamente todas las indicaciones perfeccionistas –que rozaban lo sádico– a la vista de un muy selecto público. Los actores estaban tensados entre sí y temblaban cada vez que ella los interrumpía con alguna indicación. Fue un despliegue de talento, un exhibicionismo de control, un derroche de fuerza. Comandados por ella, ocultando todas las costuras, el estreno sería soberbio.

Luego lo único que faltaba de la lista era el títere. Sin embargo no tenía ansiedad por conseguirlo, como si supiera que ya estaba resuelto. (Tal vez los espíritus impregnan ciertas tranquilidades). Con tres miembros del equipo lesionados y el estreno inminente, esa misma noche de miércoles concluido el ensayo, decidió que rezaran todos tomados de las manos haciendo un gran círculo sobre el escenario. Prendió incienso y sobó con humo a cada uno de los miembros del equipo a modo de despojo virtual de cuanto mal tuvieran encima o mal que pudiera sucederles. Desde niña, dijo, había visto hablar a los muertos como si estuvieran ahí delante; en Cuba es normal atenderse esporádicamente con un santero y asistir a sesiones espiritistas donde se habla en lenguas y se convocan las fuerzas del más allá, dijo. Es normal tener altares en las casas donde se veneran deidades sincréticas y familiares difuntos en presencia. Todo eso dijo a modo de sentencia, convencida de lo que estaba ocurriendo. De manera que era natural para ella evocarlos como si los tuviera delante, como si, dadas las circunstancias especiales, se interceptaran en una misma frecuencia vivos y muertos.

El caso es que así, tomados de manos sobre el escenario iluminado y la opulenta escenografía, pidió en nombre de todos (reconociendo que tardíamente) permiso a los espíritus del lugar para ocupar el espacio, pidió disculpas por no haberlo hecho antes, cuando hubieron llegado y tomado posesión del teatro (sin reparar en ellos, los invisibles), irrumpiendo en los camerinos, los baños, los pasillos, el vestíbulo, la sala de proyección y los alrededores del espacio ocupado, y en nombre de todos solicitó la asistencia de los espíritus en la seguridad de la casa. Mientras hablaba señalaba los focos de luces, las puertas de entrada y salida del escenario, la tramoya, las marcas de cinta adhesiva en el piso de madera –la muerte tiene algo de casa amueblada. Ordenó a los espíritus que dejaran hacer travesuras y de causar daño físico, así como provocar malentendidos.

Dijo que la fuerza del Altísimo estaba con el grupo y la obra porque sí, porque lo decía ella que dirigía todo aquello. Les dijo (señalándoles la salida del teatro, paralela a la salida ancha de puerta doble de la sala de lunetas vacías), que o se ponían a colaborar ahora mismo, en nombre del Altísimo, o cogían puerta afuera –en ese momento todos sobre el escenario miraron en la misma dirección de salida. Habló en el tono hiperbólico cuajado de exaltaciones, gritos, regionalismos, y en el lenguaje físico de la puesta que embargaba a todos, lleno de palmoteos idiosincrásicos, sacudidas, la lascivia y el desasosiego desmedidos de la Cuba de principios de los años noventa. Ordenó temerariamente que ahora mismo se revocara la actitud que habían demostrado, y que se dispusieran a proteger a cada integrante del equipo, que más les valía colaborar con la puesta que quedarse atrapados en el limbo (en vez de elevarse como correspondía a cualquier espíritu digno de respeto). Disparó dos o tres palabrotas muy subidas –para que trepidaran vivos y muertos–, luego rezaron un avemaría, un padrenuestro y se soltaron las manos aliviados. Así fueron a sus casas aquella noche, agotadísimos, enlazados por el conjuro espiritista como si amarrados por una soga invisible.

Alguien dirá, bah, fantasmagorías, que nada tiene que ver, que se lo habría comunicado a alguien, que un ayudante le habría oído comentarlo. Dirá que alguien habría interpretado su deseo. Tal vez el escenógrafo que abrió la ventanita en la lona del fondo del escenario. Porque de ser así, alguien habría dejado aquel juguete allí para la directora y se habría marchado sin dejárselo saber, sin hablar de ello nunca más. Pero es poco probable que alguien hubiera decidido cumplir con el deseo de la directora (¿alguien al tanto de la última anotación en su libreta de notas, pendiente casi secreto?), y justo antes del estreno y al día siguiente del conjuro, ese alguien lo hubiera dejado allí para nunca más dejárselo saber. ¿Alguien a quien no se le había encargado el asunto, desinteresadamente habría dejado aquel juguete allí arrojándolo al tiempo? ¿Quién o por qué lo habría hecho anónimamente?

El jueves, día del ensayo final, llegó al teatro a eso de las cuatro y media de la tarde. Encendió las luces diseñadas para cuando abrieran la sala: tubos de luz entre el escenario y la sala de butacas daban la impresión de barrotes carcelarios. Se sentó complacida en la quinta hilera del público a contemplar el espacio desolado y meditar en el vacante de aire y de ruido, con algo de altar sacrificial y de templo apagado, de tierra de nadie y muerte amueblada que es un teatro vacío. Entornó los ojos. El aire acondicionado silencioso mantenía la temperatura perfecta en la sala. Y en ese momento tan íntimo, algo fortuito ocurrió. Allí sobre unas escaleras de madera recostadas al lateral izquierdo, a nivel mediano, quieto, tendido boca arriba, liso como un muerto sobre el escalón, estaba el títere. A distancia era un objeto anacrónico, desordenado, desencajado, porque no pertenecía al lugar; de cerca era casi sobrenatural. Un títere que, aunque modesto, era de manufactura impecable, de los que ya no se hacían. Yacía con esa mirada negra y casta, subterránea (que le supo luego), perdiéndosele en el techo negro, y aun se estremeció al mirar dentro de los ojillos oscuros del muñeco. Lo que proyectamos en esas criaturas inanimadas es el lado más honesto de nuestro inconsciente.

Lo tomó en las manos y enfundó dócilmente, respetuosamente, percibiendo el reclamo pasivo de autonomía del objeto, y pensó mientras esto hacía, casi premonitoriamente, que siendo concebido para la animación, un títere no es un maniquí ni un autómata, pero el uso que se le dé quizás revelará algo que yace camuflado en su inercia.

Preguntó y preguntó pero nadie supo decirle cómo llegó allí. Un títere, alguien dirá (como se dijo a sí misma), es lo más natural que se encontrara en un teatro, donde se acumulan objetos de utilería y por donde han pasado cientos de compañías titiriteras a través de los años. Pero no, este teatro tenía todos sus trastos bien guardados, el dueño del teatro estaba de viaje y sólo ella tenía la llave de donde se guardaban los equipos, la utilería y la tramoya. Asimismo no había error, esto del títere de la Madre era un deseo entrañable suyo, casi secreto, una brizna de madera en la armadura de su conciencia creadora. Hallarlo ahí ya había sido previsto, y le sorprendía sin sorprenderle. Como si hubiera escarbado en la realidad hasta atravesarla. Como si hubiera salido de su mente a la ilusión de la puesta. Y ahora lo tenía delante misteriosamente servido. Primeramente, como se ha dicho, era un títere de manga antiguo, sencillo, de excelente hechura artesanal, el relleno de la cabeza perfectamente oprimido dentro de las costuras. Aunque lo más curioso del hallazgo era la similitud facial con el modelo humano, sí, el sorprendente parecido que guardaba con el actor al que debía doblar —que a su vez subrogaba a la Madre—: la frente estrecha y cosidos a la cabeza de trapo los ojos de mamífero roedor extrañamente unidos, cual oso hormiguero, ratón o ardilla, acaso lémur, ojos negros muy juntos los del actor y el títere, y la nariz algo aguileña pronunciándose bajo la mirada tenebrosa y el corte de la boca idénticos (parecido asombroso de fugaz aparecido, dijo para sí sonriendo). Para completar la mímesis buscada se le preparó el mismo atuendo de la vieja con unos retazos de tela desteñida, se le pintaron cejas arqueadas y labios delineados, se le fabricó una peluca rojo-anaranjada encendida a la que colocaron dos rulos amarillos desproporcionados sujetando las greñas encendidas. Finalmente se cosió una jabita de yute al brazo del títere —como la que la Madre llevaba al campo para buscarles comida a riesgo de que la policía política les decomisara todo y tuvieran que regresar a casa con las manos vacías, explicó la directora. Era la mismísima vieja saliendo por la ventanita recortada en el telón de fondo, desgañitada, con el júbilo infeliz de los locos, casi infantil, repelente y diabólica, gritando el imperativo: «¡Café, café, café, café hijo mío, mi hijita, búscame caféééééééééééééé!».

Iba gritando como una loca el juguete aquel, cruzando de un lado a otro la casa, pasando frente a la ventana que daba al Malecón que daba a su vez a la sala de butacas –que hubo sido la ventana que daba al mar de la niñez de la directora. La crítica no pasó por alto la presencia del títere, celebrando el elemento de teatro guiñol como una acertada incursión en la infancia extendida, comentando la vocación lúdica infantil de los que sucumbimos a la figura imponente de la Madre y nunca rompemos el cordón umbilical.

Cuando la intensidad de la acción escalaba prometiendo un gran desenlace, el títere se lucía. No es irrelevante anotar que en un momento dado todo se detenía en la puesta. La Madre, que hasta ese momento disparaba una perorata frenética, y su duplicado en miniatura, se interrumpían en seco. Componíamos un paisaje letárgico. Ambas, volteándose lentamente, miraban hipnóticas al mismo punto donde se encontraba la directora, que soy yo. Sí, la directora soy yo. Yo he sido la narradora en tercera persona de este relato y fui la directora de todo aquello. Porque el teatro es la mejor manera que conozco de prepararme para lo peor. Desde una otredad innata, el títere de la Madre me buscaba a mí. Es un momento que yo compuse. Un momento en el que recordarle a los actores bajo mi mando (y a mí misma) para quién estaba hecha esta obra y a quién se debían: Madre y títere me miraban mí –sus ojos negros puestos en mí, que soy la creadora de aquel espectáculo: mi Madre, su vida, nosotros, mi cojín de sastre, la pasionaria montada en un triciclo real (que había tomado prestado a la autora de mis días), pedaleando por el escenario mientras gritaba incoherencias, su búcaro rebosante de flores plásticas multicolores, lepidópteros exóticos aireando la sala y sobrevolando los ramos estridentes, un sartén prieto en una mano y la otra al timón, una escoba, una tendedera, una pared con murmullos y un techo con goteras, un apagón.

Para lograr esta pausa en teatro, ya se sabe, y transmitir intencionalidad, actor y títere han de arquearse más de lo normal, falsear, pausar primero estableciendo el encuentro visual entre ambos, marcando rítmicamente la coincidencia; luego voltearse hipnotizados y fijar los ojos (ojillos negros de mamífero roedor) en un punto oscuro más allá del público –exactamente encima de sus cabezas atentas. Ambas se volteaban inexpresivas hacia el segundo piso donde desde lo oscuro yo controlaba el foco seguidor, supervisaba las entradas de luces y de música, sometiendo el inconsciente de mis actores en pos de la parodia desbordada. Entonces por unos instantes nos mirábamos, ellos bañados por la luz y yo en la tiniebla. Nos apagábamos en un sueño de ojos dilatados, como si abandonáramos un barco que se hunde. Otra ventaja me daba gusto: les veía mirarme, pero ellos me encontraban en un punto ciego allá arriba –en un ver para no ver, me ubicaban en una impenetrable incertidumbre. Lo que duraban esos instantes en que nos sosteníamos la expresión (que llevábamos en un conteo mental de veinte segundos), nos buscábamos como en un espejo desfondado, fijándonos en la negrura, embebidas de la mirada. Aquella fijeza ocular en que buceábamos en el agua oscura, en el brillo ciego de las miradas, fue un regalo que me hice noche tras noche mientras duró la temporada. Liturgia para mi orestíada, tan controlada, que se me escurre en la casa de espejos de la imagen. En el cruce al otro lado del espejo agujereado de la realidad hallábamos un momento extremo. Veía a mi Madre como nunca la había visto. Entonces, guiado por las miradas de la Madre y el títere de la Madre, el público también se volteaba confundido, mirando encima de sí para encontrar... nada. En ese punto la Madre se bajaba lentamente el tirante de la bata de casa. Sacándose el seno derecho –una espléndida prótesis de goma–, congelaba el gesto llevando conteo mental de diez segundos. Llegado ahí la escena se rompía como un cristal de agua, en retazos oníricos, estallaba la violencia, se hacía trizas.

Tengo mis dudas, la memoria sensible me desarregla los hechos; sé que nuestro cerebro es poderoso –sabemos más de lo que creemos saber. Un fantasma puede que sea un producto mental; en todo caso es lo que se puede atisbar del caldo infinito. Pero mis tribulaciones no restan un ápice de credibilidad a su existencia, sino que la varían, la condimentan. Trato de decir que las intenciones que manejaba el operador inexperto no podían por sí solas producir todo lo que trasmitía el títere. Algo inmaterial, algo que el operador no podía otorgarle con los movimientos limitados desde el interior de la figura: la aparición de una inocencia pura, un poder otro momentáneamente perceptible, abriéndose paso entre el control orgánico que restringía su llegada. Con la movilidad limitada, acaso sin voz, en apariciones esporádicas en tres escenas y sólo en una de ellas en primer plano, su llegada estaba coartada. Pero ocurría.

Para un buen actor no es un problema poner el alma en distintas partes del cuerpo: una frente ungida, el pecho atollado, un codo a la defensiva, o en el peso de unos hombros o, como las marionetas de hilo, en lo ingravitacional de una espalda. Con todo, comparándole con el magnífico trabajo del actor principal, me di cuenta que nada humano podía competir con aquello. Por unos instantes el performance del títere superaba al del actor y yo aprendía mucho de su rigidez, de su resistencia al realismo. Traía algo desconocido a la escena. Ahí supe que un títere es un infortunio y un sendero por el que transita un alma. Aquel juguete trastocaba mi ejercicio, ponía los dados sobre la mesa, mi inconsciente salía de la sombra. Soy un animal de teatro: ¿cómo hube de conducirme por los recovecos del rollo semántico para resolver la poética deseada? Visto bien, los títeres de manga son en realidad títeres de falda. Los títeres de manga son enfaldados. Por la funda-falda introduce la mano el titiritero y le anima. Nótese que a mi Madre la representaba un actor (gesto proporcional a lo que ella casi hizo conmigo al inyectarse aquellas hormonas abortivas). En el trueque travestí yo le devolvía el gesto. Luego el títere de manga (enfaldado) era una redundancia metafórica que yo necesitaba.

Pero si el títere apreció de manera misteriosa, al concluir la última función hubo de irse de la más misteriosa manera –como quien ha cumplido su misión y parte sin despedirse ni dejar rastro. ¿Acaso el títere era la celda de un espíritu? ¿Acaso mi Madre en él? ¿Acaso yo me intercambiaba con el títere en el juego a los desaparecidos? Aunque tal vez salió físicamente del teatro; es decir, quizás alguien lo robó, sí, tal vez alguien entró hasta los camerinos para robarlo. Dado el caso tampoco debería descartarse la intervención de los espíritus (¿quién podrá saber cuánto de lo mucho que hacemos los vivos es incitado por los muertos?). Cuando a la hora de recogerlo todo él no aparecía, mentalmente le hablé al títere, dije, vuelve a mí, haz camino. Sin embargo, ¿a quién pudiera interesar un juguete de trapo feo y gastado, en apariencia chapucero, alterado al punto de lo grotesco? Puede que el títere no representara ningún valor en sí mismo –siendo muy valioso para mí. Tal vez se había desmaterializado como títere fantasma que hubo sido. Tampoco puede sospecharse del asistente que lo manejaba. ¿O tal vez sí? Se había ganado nuestra confianza, se mostró tan sorprendido y preocupado, asegurándonos (demostrando paso por paso) cómo todos los elementos de atrezo quedaban almacenados en los armarios, perfectamente recogidos en los camerinos (antes de que yo cerrara con las llaves que me habían confiado). Sabíamos que nuestro títere tenía su puesto especifico durante la función, que era detrás del telón sobre la banqueta donde subía el operador para animarle. Sin embargo, como se ha dicho, el juguete no tenía valor ninguno en sí mismo, mas que como pieza de utilería en funciones.

Habrá quien dirá que no existen suficientes evidencias, que lo referido aquí es pura suposición, y es comprensible que piense así. Nunca le miró a los ojos y vio todo el horror de la vida reflejado en ellos. Porque mi vida, en su insignificancia, es algo que sucedió antes y después de mi vida, mi vida es en fin un tiempo que no me perteneció, y ese yacimiento de imágenes corre por las comisuras de la mirada y por el pasillo de las pupilas. Yo estaba siendo mirada por *ello*. Alguien dejará entredicho el componente sobrenatural, alguien que tal vez no pueda concebir las miradas cruzadas entre el títere, la Madre y yo –que les prohijé en la escena. A esa tal persona le faltan razones para no creerlo; no sabe lo que hay ahí en dos señales de cristal o azabache de apariencia normal, inermes como las aguas de un lago. Puede pensar lo que quiera, pero mi Madre residía en dos botones negros donde se refugiaba toda la noche del mundo. Esa tal persona no se miró en ellos como en un espejo multiplicado que nos refleja y ejecuta con absoluta autonomía.

II.

Elijah

Fue mi profesor de Matemáticas en el preuniversitario. Su hermano gemelo también enseñaba Matemáticas en la misma institución; lo hacían ambos mientras estudiaban Medicina. Lo hicieron hasta que tuvieron que iniciar la residencia en una sala de Emergencia en un barrio marginal de Nueva York. La madre también era profesora de Matemáticas allí a tiempo completo. Se diría que son gemelos monocigóticos porque Elijah Simonova, que nació segundo, dos minutos después que su hermano, es exactamente igual a él: trigueños achinados, los rasgos mongoles típicos de los ucranianos del Mar Negro, clones naturales con aparente idéntica dotación genética. Sólo en algo fundamental se diferencian: Elijah tiene una mano deformada. Empezando por el pulgar, a partir del índice, le faltan las mitades de los tres dedos restantes. Calculo que le faltan seis falanges –si acaso hay 21 huesos en su mano izquierda. En apariencia Elijah y su hermano comparten el 100% de los genes, y sin embargo él presenta esta diferencia. Supongo que esto es común que suceda en algunos hermanos gemelos, que uno salga con alguna deformidad. Hay 27 huesos en la mano, pero no en la de Elijah; los cuento, han de haber 21 huesos porque le faltan seis falanges. Los ojos se me van hacia allí mientras enseña y ya no puedo pensar en otra cosa que no sea esa mano afilada: el pulgar es distinto en cuanto al ensanchamiento de la uña, el índice algo torcido, algo como una uña surgiendo del anular al que le falta un nudillo, y la manera machucada de uno de esos dedos, el meñique, unido al anular desde donde nace, racimo deformado de su mano izquierda. No sé lo que enseña, no sigo sus explicaciones porque, sentada en primera fila, me paso toda la clase distraída en su persona y he sacado muy mala calificación en el examen intermedio. Acudo al Laboratorio de Matemáticas tres veces a la semana, incluyendo los sábados, cuando él está repasando a ciertas horas asignadas, para que me ayude a comprender los problemas matemáticos, el Álgebra básica –mi educación fundamental fue muy accidentada.

Está a punto de contraer matrimonio con una rusa rubia. Me muestra la fotografía de una muchacha desarreglada; pero nada de nuestras vidas puede interferir en lo que manejamos Elijah y yo. Y estoy a punto de casarme también –pero aún no lo sé. Como mi tara no es visible, él no sabe a ciencia cierta qué es lo que le atrae de mí de este modo instintivo. O simplemente se siente proclive –soy recóndita y atractiva, eso sé de mí. Además, él se siente atraído a mí debido al hecho de que yo esté tan interesada en él, y esto crea una densidad de emociones casi material, efervescente, que manejamos en la proximidad de nuestros cuerpos mientras él se inclina sobre el cuaderno y me explica una y otra vez lo que no entiendo, lo que no tiene explicación posible. Nos rozamos los brazos, nos olfateamos, la mano lastimada queda a veces debajo del pesado libro de Álgebra que él inclina hacia mí. Y apunta. Y yo aparto el peso y la descubro y la miro. Él me observa mirar su mano disforme. A él le gusta que se la mire así –siempre lo supe. Me la acerco a la cara, a los ojos, la estudio, la cubro con mi cabello rubio encrespado y con una mezcla de perfume y mis emanaciones. Sigo el curso a la cicatriz con los dedos de mi mano. Dice que le han operado la mano doce veces ya para corregir ciertas averías de fábrica. Pero no sonrío. De hecho, su especialidad, me ha dicho, son las manos. Se va a ocupar de los que nacen con seis dedos, de las manos enfermas, deformadas, accidentadas, aplastadas, amputadas, injertadas, trituradas, gangrenadas, quemadas, etcétera. Creo que a esta deformidad le dicen mano de langosta, o tal vez no aplique en el caso de Elijah porque la anomalía en su mano es terrible pero no es tan llamativa, dado que el resto de su cuerpo es uniforme. Quiero verte desnudo (para constatarlo), digo a su oído.

A ver, es como si no le hubiera alcanzado el tiempo de gestación, es casi como si se hubiera lesionado, como si hubiera sufrido un accidente automovilístico, como si le hubiera embestido un automóvil por el lado izquierdo del auto mientras conducía con la mano fuera. La deformidad de Elijah es hermosa, le ilumina el rostro, es la chispa en el carácter que por ejemplo, su hermano –a todas vistas perfecto–, no tiene en lo absoluto. Elijah tiene una seguridad al conducirse que lo hace muy atrayente. Una autosuficiencia que me da caza. Y todo eso proviene de su mano deformada. Utiliza su mano como si fuera normal y las miradas van allí. Y a él esto le vigoriza –lo sé. Hemos hablado de ese lugar remoto de donde proviene. ¿Qué hay en su nombre? Y de cómo sus aguas por ser menos salinas dan lugar a la concentración de microalgas que lo oscurecen –de ahí el nombre de Mar Negro. Me ha alcanzado el globo terráqueo que hay aquí en el laboratorio de Matemáticas y me muestra ese mar que más bien parece un lago enorme. Dice que su padre es de Eupatoria y yo me encojo de hombros; entonces escribe Eupatoria en una esquina del cuaderno. Dice que de muy pequeños se fueron a la ciudad de su madre, Odesa. Y escribe Odesa en la misma esquina del cuaderno. Es zurdo, por lo que escribe con su mano deformada acomodando el lapicero con absoluta indolencia y esa confianza en sí mismo que lo hace tan atractivo.

Le digo que se parece al niño rudo del Mar Negro que adoptó una pareja de lesbianas que conozco. Los rasgos mongoles Elijah los recibe por parte del padre; el nombre le llega de la herencia judía de su madre rubia. Un niño oscuro y trigueño que les ha costado mucho dinero a mis amigas lesbianas, digo. Fueron a buscarlo allí a orillas del Mar Negro y tiene los mismos rasgos mongoles de Elijah. Pietro se llama y nació bizco. Ellas, ambas abogadas de éxito, lo fueron a buscar precisamente porque estaba mal nutrido, enfermo y bizco. Para operarlo y proveerlo con todas las curas, lo adoptaron. Pietro orina sentado y sus madres andan preocupadas por ello. La operación del ojo ha sido ejecutada por los mejores especialistas y ha costado una fortuna. Ahora Pietro –corregido el error–, bajo los espejuelos, mira con los ojillos achinados derechos. La mirada extrañada de los raros, empeora. Pero ¿error de quién? Le digo a Elijah, nació bizco y ahora mira derecho. Hablamos a dos niveles, están el Álgebra y está ese diálogo entre nuestras extrañezas con el mundo; porque siempre en nuestros repasos estamos diciéndonos algo más que no pronunciamos, algo más cierto, más tangible y elocuente que no llega a pronunciarse y que flamea entre nuestras conversaciones y las reticencias matemáticas.

Le he tomado la mano izquierda y me la he colocado entre los muslos, y esta mano singular hurga subrepticia, mientras con la mano derecha indica sobre la página del libro simulando explicar un problema algebraico. Entonces vuelven todas las luces frías y todos los flashes, todos los lentes de cámara y todas las voracidades a la emoción íntima. Y así a dos tiempos hemos improvisado un momento público salvaje. A espaldas nuestra, en otra mesa de trabajo, discuten, conversan y ríen unos muchachos que no se percatan de lo que hacemos. Su mirada de oso hormiguero es negra y gentil, se confunde, fulgura en lo absoluto del encuentro con mi sexo mojado cuando me toca ahí. Disimulamos. Es muy hábil con la mano deformada. La uña pincha. La excitación proviene de su mano izquierda y de todo lo que esta mano le ha traído de aplomo a su carácter. Releemos el problema dos o tres veces accidentadamente porque nos sofoca la intimidad, hasta que suena la campana de la una y la avalancha de alumnos que salen por el pasillo nos regresa sin piedad al mundo de las personas corrientes que se agitan en el ruido. Elijah dice tengo que irme ya, y se encierra en la oficina; tenemos unos cinco minutos. Sin embargo nos hemos quedado el uno en el otro. Quedo sentada allí con el libro de Álgebra abierto y me he babeado algo sobre la página estrujada con algunos borradores, mirando la puerta de su oficina que cerró tras sí.

Hoy es el examen final y si no paso Álgebra no me gradúo. Son cinco minutos entre una clase y otra. A los tres minutos Elijah sale con esa seguridad que lo hace tan perturbador y que nos hace impunes –casi axioma, esa seguridad que lo resguarda, lo inmuniza, esa firmeza que hubo de forjar por encima de las burlas en el colegio, los linchamientos, los reparos, el paternalismo bienintencionado, las vivisecciones en consultas médicas, las terapias físicas, las miradas indiscretas, los terrores ajenos a uno, serenidad con la que espanta toda la lástima del mundo. Sale buscándome con sus ojos negros rasgados porque sabe que no me he movido de ahí, y me entrega disimuladamente un papel que trae doblado en cuatro en la mano derecha, con todas las respuestas del examen final.

Sítio

En Sítio, Nazaré, pueblito portugués encaramado en un acantilado, me sorprende la cantidad de lisiados y gente contrahecha que anda suelta por ahí. En la calle un hombre aniñado con el rostro desfigurado por un tumor en la frente, desdentado, las extremidades torcidas y descoloridas, los pies magullados, con manoseo desordenado balbucea unos pedidos de limosna al borde de la acera. Sube su hedor a mi nariz y su universo me araña desde el exceso. Sopla el viento helado sobre mi llama, mi retina en él. Evadido por los turistas tuerce el cuerpo informe. ¿Quién desea mirar el rasguño purulento en su tobillo sobre la acera? Pululan los lisiados de aldea en Sítio —pueblito tan pequeño y desfasado que no ha internado a sus discapacitados, no ha necesitado esconder sus manchas genéticas, no ha recogido a sus adefesios, quienes cimbrean sus costuras desenhebradas de cara a los turistas que en su mayoría los ignoran, y sólo unos pocos se aventuran a mirarlos y dejarles caer alguna moneda.

Las viejas brujas que venden castañas asadas, castañas hervidas, castañas fritas, castañas tostadas, pescadillos curados en sal, tiras de carne seca en los asadores de Sítio, visten siete faldas negras, siete. Cubren sus cabezas con los mantos negros de sus faldas y calzan alpargatas color ocre. A espaldas de la modernidad, cuando empieza a caer el sol sobre el Atlántico derritiendo bellezas sobre las vestimentas oscuras de estas mujeres, los asadores de las viejas brujas permanecen encendidos y resplandecen hasta bien entrada la noche, iluminando la placita del mirador, soltando su humo y su misterio medieval intacto. Ellas, las viejas brujas de Sítio, Nazaré, que de tan feas, arrugadas y jorobadas sólo pueden concebir engendros tales, son moluscos sucios adheridos a la roca del tiempo; ellas que asoman ojillos prietos y vedados bajo los paños oscuros, ellas que mascullan el portugués con sus bocas desdentadas, se saben culpables. Y se encorvan a ras de su defecto. Ahí la marca y el flujo dúctil de sus taras genéticas pasándose de generación en generación. Y algunos turistas que se creen normales llegan aquí arriba durante el día y se desparraman en las tienditas de bisuterías, mirándoles de lejos como moles oscuras, novedades de circo, evitando la pestilencia y el contacto visual con la obviedad de estas desgracias. Porque es angustioso hurgar en el lado más siniestro de nuestro inconsciente, pero también es excitable, y se esquiva como un pellizco en la nalga, como un roce sexual mal intencionado, como el besuqueo de un cura, el exhibicionismo público o el jalón de brazo de una monja frígida que nos reprende con saña, una indecencia. Ellos, los lisiados, los corcovados, los tartamudos, los desfigurados, los poliomielíticos, los hidrocefálicos, los retardados, los autistas, los tullidos, los dementes, los paralíticos, los epilépticos, los que tienen dedos amputados, los hemofílicos, los gangrenados, los que tienen parálisis cerebral, las brujas de Sítio, saben algo. Es como si tuvieran dos cabezas. Los que habitan el mundo de los normales desviven su cuota de adversidad.

Sítio carece de ese remiendo cosmético de nuestras vidas postmodernas. Allí en un alero donde aparece un enfermo de estos y una encuentra esa verdad propia: las costuras desenhebradas de la naturaleza, unos instantes de peligro extremo y el rumor del mar de fondo.

La lOcura

COn YayOi Kusama sucede que me quedO atÓnita. En la fOtOgrafía ella y JOseph COrnell se abrazan y parecen felices. El nOmbre y el apellidO de él cOntienen un agujerO gráficO cada unO, que es la figura cOn la que ella se empeña: ÓvalOs que van llenandO el espaciO hasta desaparecerla en el magma POp, hasta redOndearlOs y abOlirlOs a lOs dOs en un rOndel que se reprOduce infinitamente y nOs anula a tOdOs en un puntO.

LlevO días batallandO cOn este sentimientO y sientO que sucumbO a una desgracia mayOr. LlegO aquí habiéndOla dejadO abandOnada para venir cuatrO días de vacaciOnes a Nueva YOrk. Separarme de ella es descuidarla. Mi Madre, mi niña. LO peOr es cuandO tengO en la cabeza Ovalada una vOz prOpia que acOnseja tOmar medidas para evitar el desfiladerO: su cuellO lastimadO, su ansiedad ante la muerte, lOs muchOs cuidadOs a su cuerpO derrOtadO, tOdO el dañO que nOs hace la vida. PerO algO muy desagradable en la penúltima sala de la retrOspectiva de Kusama en el MuseO Whitney repara mi espíritu: ObjetOs pOlimOrfOs OrdenadOs en el suelO, fOrmas turbias trepan las paredes, lOs bOrdes pintadOs de negrO sObre el plásticO blancO incOntaminadO, tienen la cOnnOtaciÓn del descalabrO tOtal de la mente y el puntillismO circular de la desgracia. El abatimientO sale de mí y se esparce en estas cajas-esculturas de huevOs multifOrmes seriales. La angustia neurÓtica se distrae; el malestar tOma fOrma. HallO el dialectO de mis emOciOnes. YO misma sOy una de estas fOrmas larvales. El despliegue de cOncupiscencia, esO que hace depravadOs a lOs enfermOs mentales y a lOs lOcOs, está aquí cOlOcándOse en las cajas sistemáticas. Si lO sabré yO. SOn OsariOs, cadáveres zOOmOrfOs clavadOs a las cajas. TOda vida se fue de ellOs. Sin vida de ningún tipO ni cOlOr ni fOrma definida. Hay algO extranjerO, inadaptadO en ellO. ExtranjerO en la vOrágine de lunas que caben en las cabezas de Kusama y mía.

Kusama extirpada, descOnectada en la sOledad POp, cándida cOmO célula atrapada y algO de japOnesa extraviada en la jungla de Nueva YOrk, algO del titubeO infantil de YOkO OnO, girandO en el cucaracherO vehicular de la hOra picO, algO de asiática vertebrándOse en bandejas de cultivO de crOmOsOmas. FetOs encajetadOs, cerebrOs embasadOs de tres en tres, de cincO en cincO, de diez en diez, muslOs cOmprimidOs en una caja, anO prensil, una misma cOn rOstrO abismal prOpiO y lOs OjOs vOladOs hacia un cúmulO de esferas líquidas, fémures hechOs trizas, dedOs atrapadOs entre vientre e intestinO, nOnatO de cabeza en un envase hOrizOntal. FenÓmenOs embalsamadOs, dedOs que salen del estÓmago, vulva flOja, uretra gOrgOteante, intestinOs ObstruidOs, arteria cOlapsada, OmbligOs herniadOs, OrzuelOs enchumbadOs de blancO, dígitOs espesOs, tarrO de semen, tripas anudadas, alfa y Omega, cOrdOnes umbilicales embrOllados cOn placentas, anillOs de ectOplasma, riñOnes hinchadOs, niñOs abOrtadOs, páncreas secO, animalitOs incOmpletOs, fetOs cOn cOla, abOliciOnes, larva en gestO dOlOrOsO, iOta invertida, repulsivas fOrmas cOngeladas en un espasmO, cOrderOs sacrificadOs, ÓrganOs en estadO de descOmpOsiciÓn, esperma cOagulada, tizne sObre el blancO, fluido cOrpOral, anO, OídO, OjO, conductO, fibra Orgánica. La angustia que sientO la viertO aquí en sus ObsesiOnes curvas; permutO en cerO. Un lenguaje de puntOs y partículas que se aglutinan. Un puntO que me desaparece y cOncluye la angustia, un puntO al que llegaré, un final segurO, un granO de arena, asteriscO de huesO y desechO OrgánicO. Una pastilla una cucharada una argOlla un OrificiO una célula una bOla de billar un balÓn de playa un fOndO de bOtella, ella misma, Kusama cual pelOta neÓn, en su silla de ruedas, cOmO si tOdas las figuras tuvieran una sOla Organicidad, serialidad Inexpresiva, infinidad psicOdélica del úterO, el huevO, la gOta anaranjada del sOl, el espaciO Oval y una llamarada de círculOs que urge al universO. En un círculO se cuelga del arO de la demencia, Kusama. Vive internada en un manicOmiO desde hace treinta y picO de añOs y sus OjOs asiáticOs se han vueltO elípticOs, fijOs, perplejOs, OjOs transhumanOs, sOn lOs OjOs del pez, OjOs trastOrnadOs, OjOs abiertOs cOmO si hubieran que-dadO explayadOs en la visiÓn terrible del mundO redOndO, OjOs que trasmiten esa aniquilaciÓn del lOcO, OjOs que rue-dan al agujerO del lente. OjOs tragaderOs. Su cuerpO también es un rOndel estáticO y adOrnadO cOn, ¿qué más? CírculOs mutantes sObre cuatrO ruedas. Es una cOrrespOndencia des-agradable y tremenda que trastOrna y recOnfOrta, la muestra en el MuseO Whitney. Una perturbaciÓn sexual cOmO la que sientO cOn Eslinda Cifuentes en un hOtel cualquiera.

La buganvilla que tengO en el balcÓn hace días que nO bebe; desde que cOmpré lOs pasajes para Nueva YOrk nO la riegO. PrOntO estará cOmpletamente seca. De regresO descOrrO las cOrtinas y la mirO, día tras día me asOmO y la veO Oscurecerse y secarse, las espinas largas y desnudas le hacen señas a mi herida; enferma de este mal nO la vOy a regar. QuierO que muera.

MI ABORTO

PEDAL

Un ruido salvaje salía de su cuerpo por la boca por los ojos mojados del grito. La cara de la niña muerta salió del agua helada y la madre espantó de un manotazo seco al intruso que trató de apartarla de su hija. Esta tarde vimos eso, pero ahora somos cuatro alrededor de la mesa y están el peligro y la voracidad a la mesa. Comemos y hablamos precipitadamente. Hablamos entre dentelladas con la boca llena y después tragamos al unísono tomándonos un respiro. Servimos más y más. Hoy he decidido comer aun menos que de costumbre porque me siento hinchada. Retengo líquidos –tengo el mar en la boca. Hace días que me duele el vientre y guardo silencio sobre ello. Lo cierto es que lo he comunicado sin darle importancia. He dicho: «Voy a la cama porque me duele el bajo vientre». Hoy se ahogó una niña austriaca en la pecera helada y la vimos cuando la sacaron. Lo comentas como si tal cosa. Yo no sé cuán frío es el frío de la muerte. Tenía las pupilas dilatadas y la madre gritaba. Ahora en la mesa taladras tu versión de los hechos y veo en tu cara un espanto escondido, bien administrado. Veo que quieres que creamos lo que no crees, para curarte del espanto. El agua helada le corría por las venas, oh Dios. Muerta después de treinta minutos allá abajo. Tenía tres años.

–El padre la sacó después de treinta minutos; la halló en el fondo y la arrastró a la superficie. La madre seguía gritando mientras instruían al padre por teléfono –has dicho.

–La madre no gritaba, no.

Un ruido salía de su cuerpo por la boca por los ojos por los brazos agitados, un estertor que hirió el frío de la tarde, una expresión sonora de morir allí con la hija muerta desde hacía media hora. Y nosotros aquí como si nada.

–[...] de seis a diez casos anualmente –dices, a manera de desestimar lo que ha sucedido esta tarde.

–Todos los inviernos y no toman medidas de seguridad –recalca ella mientras su marido se afloja la corbata. Si ella no hubiera hablado en este momento para mí hubiera seguido siendo invisible. Son tan pálidos los dos que se me desborran; tú no, tú eres cobrizo e inevitable. Analizo, disecciono los errores de mis tres adversarios aquí a la mesa, mientras calculan el simulacro con el que han de enfrentar los hechos acaecidos hoy. Tú agregas a la conversación, mientras comes mirando el plato, que es lo más normal del mundo y tu audiencia aprueba. Compruebo que el color mortecino de tu rostro se parece al de la piel transparente de la niña ahogada esta tarde. Pareces un ahogado. Media hora en el fondo de la pecera y los pulmones de la niña no podían llevar oxígeno a la sangre. La madre calló de repente poseída por la idea fija e inició, autómata, resucitación pulmonar. Tú moviste la cabeza negativamente.

(La escena lleva música descollante, luctuosa: Gidon Kremer toca a Arvo Pärt, *Tabula rasa* glacial, un sonido tan siglo XX, tan exento de romanticismos a partir del segundo tema; el sonido limpísimo nada en la poética de la esferas de Plotino. «Cantus» trae la sentencia atroz de los viento-madera para un bosque tupido. ¡Qué lasitud helada! ¡Qué gran desconsuelo!).

Se acercaron los curiosos y los ojos de la niña seguían mirando a un punto ciego allá arriba. Y yo miré también a ver qué no veía la niña muerta allá arriba en un punto azul brumoso del cielo. Ocho minutos demoró el equipo de rescate y ellos no pararon de tomar turnos para revivirla. Pero yo supe que estaba muerta ya. Fue en nada. Hube contado los minutos. Sumaban treinta y ocho minutos. Supe que ya había muerto. El daño cerebral difuso asomaría en el CT escáner. Cuatro hombres vestidos de anaranjado fluorescente le dieron primeros auxilios a la niña muerta, ocho minutos después de haberla sacado el padre de la pecera. Un gesto ágil de uno de los rescatistas fulminó a un imbécil que trataba de tomar fotografías. Me recogí inmóvil. Alguien colocó una frazada gris encima al padre que tiritaba y sólo podía verse el brillo en sus ojos de animal. A la niña la cubrieron con las trajes anaranjados brillantes y las botas carmelitas untadas de nieve, mientras bregaban con ella. La niña con sus ojos abiertos y las pupilas como dos vidrios negros que ya se habían ido ajenos al zarandeo del cuerpo. La adolescente que descubre el amor, la jovencita desordenada que saca malas calificaciones y la mujer desconcertante que habría sido en unos años, se han extinguido en sus pupilas congeladas. Leí las señales en la carretera: Danube, Taurns of Thun, Brienz, lagos Thunirsee y Briezersee… aeropuerto de Birn hacia la izquierda cinco millas entre las montañas. No me voy a curar; me voy a aliviar. Dios es la bestia que me mira desde la muerte, pacta conmigo en la oscuridad cerrada de la nieve. Una nieve ruidosa en su silencio sobre el vidrio de la ventana. Porque hay una nieve que nunca llega a darse, una nieve que de tan blanca no se ve, la que se difumina en los ojos quietos de un muerto, en la oreja del ahogado, en la nevera de la morgue, lo helado de un cuerpo sin vida, una nieve que no llega a verse pero nos hiela el ademán, aguanieve que nos carcome hasta el último calor de la sangre, nos deshiela hasta que somos un derretido de nieves duras.

OBSTINATO

Me cuesta caminar y en la cabeza pulsa el dolor de aquella otra parte del cuerpo. El interior es vasto e inagotable. Me siento culpable de su muerte debido a este deseo de matarte. Tengo un mal de Madre, la sangre aguada. La madre tiene su mal incurable a partir de esta tarde. La culpable teme: teme-rosamente hurgo en mi bolso de mano, calo hasta el fondo buscando cigarrillos y algo donde escribir. Busco, hurgo; mi cartera se traga mis teléfonos, traga cosas: lapiceros, notas, creyones, monedas, recibos, encargos. Mi bolso –extensión de mi vagina– es una flor carnívora, glotona, devora por igual una tristeza antiquísima que un granito de anís. Se traga un tin de palabras garabateadas a cualquier hora del día, palabras para cifrar un sentimiento más grande que un apartamento, que una catedral o la montaña nevada. Bebo, quiero conven-cerme de ese olor de la uva y esa velocidad de las emociones. La vida no se puede pasar a secas. Todos tenemos el corazón hambriento.

Necesito un alivio rápido para la presión en los oídos, la tirantez del cuello y esta noción de que voy a convertirme en larva marina. Allí en el fondo de la pecera helada donde cayó la niña austriaca. Ya estaba mal antes de esto; yo ya no vuelvo de mí. La ahogada soy yo. Los oídos taponados de aire. El efecto es este: no es la primera vez quizás tampoco la última vez que *deseo matar a alguien*. Un deseo de ceniza me atra-viesa, un ansia estética por verte arder y causarte ese mal. Un sentimiento submarino que sondeo con un sentido de misión. Busco esa belleza en la mente. En el aguanieve de la mente busco fondo. Deseo abolirlos más que atormentarlos pero el suplicio les puede enseñar algo: merecen mirarse al espejo contrahecho de sí mismos. Al que yo me asomo en la lustrosa cuchara. ¿Cómo si no librarme de esa necesidad de justificar mi ineficacia ante ti? Saco la servilleta de papel de la canasta de panes y escribo en ella:

Porque me penetras para que te engendre y yo sólo doy niños ahogados. Porque te me montas encima con la obsesión de su cadáver y su fantasma.

El cuerpo está truncado y no deja domarse ni hace pacto alguno. Aturdida por esta conmoción espero a que todo pase, que la sangre salga toda y me vacíe lo necesario. Por medio de este sangramiento doy algo más del cuerpo y no he deseado esta vez. He sido el límite mas no he puesto la objeción. O no ha querido lo físico, lo impaciente, *dar al hijo*.

Continuamos hablando sin dejar de comer codiciosamente desde esa hambre singular que viene y va en las palabras y resurge el tema que me confina. Pespuntes, remates verbales, un acabado ademán semántico por aquí y queda construido el simulacro: la muerte sofocada bajo tanto vestido. Bebo de mi copa y dejo correr la mirada hacia el fondo opaco más allá de la sala donde nos encontramos, detrás de los penumbrosos objetos donde se cristaliza una emoción sanguinaria. Saldo una extrañeza absoluta con lo que me rodea. Abro el alféizar; el duro Dios de hielo me mira desde la boca ciega de los Alpes. Gélido soplo surge de su voz de aire. Trago sorbos blancos, blanca leche fría me corre por las venas. Me haces regresar de golpe reverendo hijo de puta pero la mente es un pasaje infinito:

–¿Qué es lo que has vivido con mayor intensidad? –increpas.

–El cuerpo –digo.

–El cuerpo siempre decepciona.

–¡Qué sabrás tú!

–…

–El precio a pagar por vivir lo otro; *el cuerpo*, mi anatomía ansiosa –recalco y trago en seco mientras te adueñas del diálogo. Hablas y hablas con parsimonia, hablas bla bla bla bl… tu deleite vanidoso excluye mi respuesta. Te miro la frente en el mismo medio de la distancia pupilar para escapar de tu rostro. Claramente este ha sido el saldo, y escribo: *He de ganar ese valor de quedarme sola y desnuda, en el cuerpo ya desierto.*

Quiero gritar que estoy desesperada o abrazarlos uno por uno entregándoles mi desafecto y mi desquicio. Estrujarlos, asfixiarlos, callarte, abolirte. Mastico, trituro la comida en la boca y cuando es casi pastosa la trago y la reposo en mí y apunto: *Bien adentro desde donde saco la cabeza para no ahogarme.* El vino ya me calma y me confunde los deseos, me elastifica. Deseo carnal, episódico, ajeno al dolor de mi cuerpo y quizás por ello su cura. Porque algo debería entrarme en el cuerpo abyecto y aliviarlo. El deseo sabe esto: por segunda vez durante la cena te miro fijamente como si fueras un extraterrestre. Escudriño tu rostro macilento. Consumo tu juego, el toqueteo sensual. Y aún busco erigirme de entre este espanto. Me suena un oído cerca de tu boca y tus manos manotean raras. El sonido metálico de un tren desaforado inunda la cabeza, entra por el oído, cóncavo, vibrante luego, late en mi oído derecho.

Los segundos tiempos de los cuartetos de Mozart que practicabas antes de salir, son del dolor, y tú digitas sobre el mantel blanco las cuerdas de un violín imaginario. Reparo en que lo espléndido de la uña rosada y perfectamente recortada no es que sea lisa sino que engaña al ojo porque exhibe vetas que son señales de cada semana de vida, cada semana de vida... del dedo. Tu voz repercute redonda contra el vidrio circular de las copas y me hace daño así de lejana e irreconocible. Esnifo el vidrio. *Él no es una noche.* Y tus ojos, sobre todo tus ojos me vigilan de soslayo como observan los lagartos, sin volver el rostro hacia mí. Reparas en lo arrinconada que estoy, sonríes y tiendes la fuente del asado. *Ella he sido yo pero ahora mismo me abandona.* Me refugio en el agua azul lechosa de la pecera.

Eso de olvidar el reloj en el hotel es una defensa y un lazo: *la cena se alarga como si no fuéramos a morir.* Comemos, ingerimos nada. Me toco la muñeca donde estaba mi reloj pulsera esta tarde. Miras de soslayo mi muñeca y miras tu reloj, la hora que marcan las manecillas de oro sobre nuestras vidas. La niña austriaca permaneció sumergida allá abajo 30 minutos hasta que la sacaron. Pero tú finges que esto no es grave. Claro que lo sabes. Todos lo sabemos pero disimular es importante. No hay nada ingenuo en fingir que no sabemos nada de su muerte. El simulacro ha de ser hasta con el pensamiento. Aun sabiendo que disimulamos nos espiamos con el rabo del ojo. Bebemos. En el disimulo no hay fracaso. Hay que simular y entonces cuando una ya no puede más se pierde algo.

Hurgo en la muerte de la niña austriaca: espiral arrebatado, curva de agua, manoteo que se hunde. Sus ojos que habrán sido azul claro como los de la madre o azul opaco como los del padre, sus ojos alocados por el desespero y el agua contra la pared fibrosa de sus pulmones; burbujas de aire subiendo, escapando de sus pulmones, de sus oídos, de sus orificios, viajando a la superficie a espaldas de todos, reintegrándose al aire de la tarde. Espiral arrebatado de agua que busca fondo. Así ha sido su muerte sin duda. Ha movido salvajemente los bracitos como una libélula atrapada y después la expresión inerme, finalmente la vida breve que se va de ella. ¿Supo la niña austriaca que era la muerte ahí bajo el agua? Algo ha sabido de la muerte, de intuir la muerte dentro de la muerte propia. Una libélula, una estrella. Una libélula agitada, una estrella de luz opaca allá abajo (porque la vida es un destello evanescente), un hundirse más y más bajo el peso del agua. Libélula aleteando dislocada. Toneladas de agua hay en la pecera. ¿Cuánto pesa una niña de tres años? ¿Veinticinco? ¿Treinta libras? ¿Y una niña con los pulmones llenos de agua?

Saboreo el helado cremoso, desgrano la borrita de vainilla con la lengua abultada y ansiosa y noto que pretendo atrapar algo. *Boca-nadas. Espasmo.* Dolor en los lóbulos de las orejas (por donde pasa un tren acelerado) y un latigazo en el ovario que me queda; cuando me tocas el muslo por debajo de la mesa, pulsa el clítoris abultado como un clavo. El postre se derrite en mi boca y tal parece que consumo un pozo agujereado. *¿Será por eso que vivimos con tanto estrago?* A la niña austriaca se la llevaron los hombres vestidos de anaranjado brillante en un helicóptero amarillo con la hélice negra. Habrá recibido varios pinchazos en la pierna derecha para dar con la arteria femoral; habrán bombeado el agua de los pulmones; habrán abierto la tráquea para bombear oxígeno que alcance su sangre. Para cuando llegó al hospital habría transcurrido una hora y media. Se la llevaron sin vida; lo vi con mis ojos, ojos de larva de pecera. Pero las larvas ¿tienen ojos?

GRADO MÁXIMO DE DISONANCIA

Mi propia lágrima saltando al plato. Apuro la comida para disimular muy a pesar mío. No soy yo la que llora como una majadera; algo llora en mí, algo totalmente desprendido de la larva. Tengo el cerebro hecho agua. Más de la mitad de mí está ausente; escribo algo en la servilleta mientras ladeado me miras con fastidio:

Un pájaro cantó y supe que voy sola.
El trino absorbió el instante.
(pero no hay pájaros en la nieve, sólo vida tácita).
O quizá fue un grito.

Sangro en la mente. Trunco el esfuerzo. Los coágulos de sangre salen del cuerpo dilatándome cual bomba de oxígeno. He ahí que desde el aborto que costó mil dólares –un Valium en la vena y una succión–, desde que el cuerpo ambivalente sigue su rumbo fijo, sangro por primera vez. *Se diluye la posibilidad de representar que hay algo oculto.* Me vierto en unos coágulos de sangre oscura que van cayendo dentro de la tasa de baño. Doy a la tierra lo que debería ser mío y que jamás tendrá la marca terrible que supuso. «Hemos decidido abortarlo» –dijiste formalmente al médico. Entrego en la tensión del símbolo, mas

no cesa la agonía que me partiera en dos ni se borra el fantasma
al que le figuro un rostro. Pujo y niego al hijo. *Indago en ese
amor como por el cielo.*

Coda

Me inyectaron un Valium en la vena y vi o imaginé o soñé
como me succionaban de las entrañas con una aspiradora que
introdujeron entre las piernas. La manguera de la aspiradora era
de plástico transparente y vi material orgánico que subía por el
conducto: fibras rosadas, retazos de sangre. Soñé una larva destrozada por la centrífuga. Imaginé un pellizco. «Ya pasó todo»,
dijiste cuando abrí los ojos. Pero mentías, porque todo había
comenzado. Y ahora a la mesa, exhausta, pujo con el abdomen
disimuladamente y me contraigo, pujo y me contraigo como si
abortara. Nula como una larva ingiero aboliciones. Encima del
mantel blanco bordado a puntos desparramo el deseo de matarte.
He dejado de comer y los brazos me cuelgan encima de los muslos. *Todo me huye de adentro.* Allá ha empezado a nevar contra el
vidrio que quedó entreabierto. Huyo, arremeto contra alguien.
Alguien que bien puedo ser yo misma crispada. Estoy entrenada
para huir y sobrevivir en la aridez emocional y en el hastío. Si
escapé de una isla, de una hermana torturada torturadora, de
un cura que me daba caza en la sacristía, de un novio que me
golpeaba e infectaba, del nuncio apostólico atrabancándome
contra el librero de la Santa Sede, de las requisas trimensuales del
agente de la Seguridad del Estado y sus chantajes ideológicos, su
pistola al cinto y su silbido metódico, de una casa llena de golpes
(con chancleta de palo, con cinto y hebilla, en el estómago, en
la cabeza, en las nalgas), una casa llena de gritos, si escapé de la
locura –pero no me consta haber escapado de la locura.

Una larva es máscara, fantasma y títere. Todo se presenta
mal: tengo una isla afilada en la entrepierna y un calor que

derrite toda esa nieve y sin embargo vivo atraída a ella, abuso las emociones, el pensamiento se dispara, aúllo hacia adentro en el paraje desierto, muerdo el presente y nunca miro atrás –o lo hago con repulsa.

Caigo hacia un vacío blanquísimo que anuncia un final o abre a un final. Navajas de aire helado me tasajean la cara y el desprecio. Quiero comprobar el corazón del aire helado. Saber a qué sabe la muerte de la niña austriaca. Esto sí traduce una emoción sanguinaria. No podré contigo. Quiero enterrarme en la nieve.

El aborto de Ninna Bernays

Examina la excreción acercando las bragas enchumbadas de sangre oscura, olfatea a un palmo de distancia de la nariz. La mira palidecer, como si de polvo blanco o nieve untada se volviera. Luego asiente comunicándole en silencio que se estipula que algo así ocurra.

«D Sigm Freud u frau» aparece en el registro de huéspedes del hotel Schweizerhaus, en Maloja, Cantón de los Grisones, en la zona alpina de la Suiza oriental. La distintiva abreviatura germánica con que firmara el libro de huéspedes confirma que Sigmund Freud y su cuñada Ninna Bernays se hospedaron allí durante el verano de 1898 (entonces él tenía cuarenta y tres años y ella treinta y tres) y fingieron ser casados. En la espaciosa habitación once del hotel Schweizerhaus, convivieron dos semanas. La imagen desciende y la apunto:

Él le palpa el vientre como si le acariciara por dentro, lo lastimado ahí. Luego contempla el cabello negro de Ninna. A ella se le anima la expresión de desarraigo, la mirada nerviosa parpadea sobre el paisaje espléndido y se figura blanco, y ella cambia de color. Lo buscaba allí, en lo profundo del paisaje invernal enmascarado de verano: *Siempre lo busco a él, la voz del secreto y del vuelo.* Pronuncia *Sigmund*, pero mira lejos como si él estuviera allá en el paisaje mental y no a su lado. Ella se hace agua turbia.

¿El aborto cómo se hacía en esta época? Él mismo lo habría realizado o acaso lo dejó en manos de alguien de su confianza. Una de dos: habría sido mecánico o le habría hecho ingerir un abortivo. Luego de regreso fingirá que enfermó de los riñones y se pondrá mustia. Por unos meses marchita, como fuera de estación.

Freud mordisquea tabaco mirando la última colina blanca mientras mira por dentro de ella y mira dentro de sí mismo mientras mira la colina blanca copada por un cielo impreciso. Ella lo subyuga. Sus aguas intratables. Ella se resiste a la interpretación y le ofrece lo imposible.

Algo se mueve en el hielo, una mancha oscura como mugre desigual como glaseado en movimiento. Algo hunde su color obsceno en el blanco de la cima. La tarde tiene un zumbido, o es el viento que la corteja. Agua que ha sido nieve gotea del alfeizar frente a sus perfiles quietos, marcando el tiempo: 13 agosto de 1898.

El hijo ahogado

Has espantado al perro de una patada y el aullido huraño y ronco del animal ha erizado tu vientre como si lo hubieran escuchado tus entrañas. Hoy unas oleadas de calor te suben del pecho y piensas que han de ser las inyecciones de hormonas abortivas. Ese calor fogoso te empapa de sudor y una sombra pasa por tu frente; sudas porque estás bajo el sol ardiente de las dos y porque algún fuego trajeron las jeringuillas de anoche. Te yergues y miras encandilada por entre la luz de la tarde. Miras allá lejos con la mano derecha sobre las cejas para atisbar hasta dónde llega el surco –pero interrumpes bruscamente el gesto cuando te recuerda un saludo militar. Buscas el fondo del surco interminable allá, calculando el tiempo que te tomará zanjarlo, mientras sientes bajar gruesas gotas de sudor por el pecho y entre los muslos pegajosos. Afincas las rodillas una y otra vez contra la tierra colorada para arrancar la hierba mala arraigada en un nudo seco allá abajo. Tiras con fuerza con las manos callosas y lastimadas, manos robustas como de hombre; enrollas el gajo alrededor de las manos y tiras aunque te corta la carne lastimada, tiras hasta que sale de la tierra colorada, la raíz larga y maltrecha, húmeda allá abajo y reseca arriba.

Así transcurren dos horas más hasta las cuatro, metiendo las manos en la tierra hasta dar con las raíces, desyerbando con saña el resto del surco interminable. Pasa el supervisor de la brigada, pasan su desprecio, su prepotencia, su deshonestidad y su lascivia. Otea lo que has hecho y aprueba con un palmetazo desdeñoso al aire. Entonces regresas con la lengua seca y los labios cuarteados; te pasas la lengua encima de los labios para constatarlo. Soleada, te encoges en un pensamiento mientras caminas por el trillo. Tus nalgas se han hinchado y duelen un dolor ponzoñoso de agujas atrapadas bajo la piel, un dolor que te hace sentir las nalgas pesadas y calientes. Deberías tomar el tren de día pero nada bueno te espera allá. El pinchazo agudo en las sienes te dice que a lo mejor tienes fiebre. Tomas agua del bebedero a la entrada del campamento y metes la cabeza debajo del chorro tibio un rato hasta que te mareas. Te tiendes en el camastro mirando el techo de guano sostenido por tallos largos como brazos de hombre en cruz claveteados en el tronco eje, y se apaga sudoroso y viscoso el mundo. Espiral acuático, meses ahí dentro de la nada gradual de tu agua que se va llenando de ruido de aguas, sentimiento líquido. Tu oído es un radar marítimo; rastreas el sonido de las olas buscando su voz. Oyes con los oídos de la mente el ruido del mar contra los arrecifes, el vaivén de las olas en la costa dentro del sueño. Huele a mar ahí sobre la litera cuando apagan las luces y las ratas empiezan el trasiego nocturno por las vigas que sostienen el techo. Huele a ese olor de pez, sal, bodrio salado. Zambullida, eres mecida en el agua fría de la noche del mar que circunda la isla.

Despiertas en la madrugada sobre los montículos de las póstulas de tus nalgas sudadas y orine. Y un frío situado en las manos, en las piernas, en los labios del cuerpo. Algo ha ido mal porque sobre el frío de la colchoneta mojada te palpas nacidos calientes y dolorosos. Te quejas con rabia a un Dios situado en el techo de guano donde trasiegan las ratas, a un Dios allá arriba en el cielo cerrado de la noche. Maldices tu suerte y te vuelves a jurar que saldrás de ésta pase lo que pase, ya tú verás quién puede más, tú o ese bulto agarrado a las entrañas.

Hoy te llevas las manos al vientre y espantas de un manotazo algo que te fue dejado adentro. Un embrión sin rostro contra el que has cargado las canastas más pesadas todo el día, canastas llenas de malangas podridas, ñames machucados, desechos, raíces, cáscaras de huevos de majá y de lagartija, anélidos, hormigas, cucarachas, jejenes, chinches, escarabajos, lombrices, bibijaguas, ciempiés, escorpiones. Todo ese odio ciego yéndosete en la fuerza de rellenar y cargar canastas contra ese bulto en tu vientre. Toda esa fuerza a ver si se quiebra el lazo de sangre, y estas inyecciones lo van a botar como pus de sangre, te han dicho. Te sobreviene el recuerdo del hijo, un recuerdo que es como un aguijón de abeja emponzoñada, de avispa, un fantasma suyo, una ausencia suya se coloca entre tú y el día de trabajo, tú y el mar, tú y los guardacostas, tú y las millas de mar bravo, millas de distancia entre tú y ese mandato del deseo, la ligadura de la sangre, arrebatado por el mal tiempo, llevado por las olas del Golfo hacia un agua profunda. Ahí está su cara rosada y pecosa en tu mente, su cara diáfana, y lees sus pensamientos por los ojos, bebes verdeazules por los ojos del recuerdo, el registro impreciso de un momento en que lo tenías frente a ti con su cara rosada, y ajustas la imagen a ver si se te queda entre las cejas, lees los pensamientos que él tuvo cuando preparaba la huida ocultándotelo, lees la mente del hijo perdiéndose mar adentro, razonando cómo bandearse en el mar agitado, en la ola enorme, y halas del gajo invisible que lo une a ti como hilo de agua.

Ahondas en el tablero virtual de la memoria y la imaginación. No es la ilusión reconstruida del hijo en *flash back*, es adivinar los hechos. Tal vez debido a la cualidad elástica de la memoria –la duración expansiva –, ésta se estira y encoge. Y contraes el estómago y pujas con todo el cuerpo hurgando en la memoria de los hechos. En los ojos, las olas altas verticales como vigas hincadas en el mar, columnas de agua sobre el agua salada de los ojos. De pie sobre el mar de la memoria que viene y va hay aguas que no volvieron. Cinco metros de agua sobre el kayak donde van amarrados los dos muchachos. Los ves remando en la huida instintiva, como reses al sonido del tren, como peces asustados. La mente lo esconde llevándose su cara, su olor, sus pensamientos antes de la huida. Echas del cuerpo una tinta oscura manchando el pantalón de trabajo.

Cuando inconsciente del tiempo se te hace tiempo el hijo, porque ahí se separa él del tiempo y el tiempo vuela llevándoselo. Cuando te detienes a pensarlo el tiempo se detiene con él dentro. El hijo cabe ahí, en la vorágine del tiempo. Su olor y la rabia, su olor que tratas de oler ahora con la mente, y el poder que tienes de que puedes aplastar ese recuerdo, ahogarlo en la tierra, cubrirlo de piedras, pisotearlo con las botas de trabajo, sepultar un dolor intocable que reaparece en el aire caliente de la tarde. En el mar bravo, en la ola alta y negra, se pierde la sal del hijo. Pujas y echas un color.

Hoy te han impedido preguntar por el hijo y la pregunta se te hunde en los pulmones. Te han empujado y pellizcado en las caderas como para arrancarte un pedazo −a la altura de los riñones llegó un codazo y en los brazos tienes marcas coloradas. Pero nunca perdiste el balance y te mantuviste en pie. Quieren sacarte la expresión. Arrancarte el hijo. El interrogatorio no te sacó nada de nada. Se veían diminutos frente a tu fuerza enorme. La blusa blanca enchumbándose en sudor; sudan las axilas afeitadas untadas de leche magnesia y entalcadas. El sudor te cae en los ojos secos de no llorar. No muestras emoción alguna. Debajo del pañuelo blanco, dos gotas de violetas que te untó la sobrina remota antes de salir. Hace un año él estaba aquí cuando ella puso colonia en el pañuelo. Hace semanas que no te corre una lágrima. El hijo lleva X meses en fuga. Te visita en los sueños; su grado de putrefacción te alcanza. Imaginas su cuerpo ahora descompuesto y lo contrastas mentalmente con el cuerpo del hijo antes de partir. En el sueño, lo que fue tocarle sus carnes frías, lastimadas, aquellos huesos golpeados, tocarle el ensañamiento sobre el rostro, y saberle el dolor al hijo al tacto de los morados, los huesos escollados, las manos maltratadas por la sal, mordisqueadas por los peces, esa rodilla comida por los peces, esa piel de la rodilla derecha que ya no recuperará nunca (pero esto no lo sabes aún), y habrás visto esa rodilla comida hasta el hueso antes de saberlo, presentirás las múltiples operaciones de implante de tejido que le harán a través de los años. Pero la piel de los humanos no crece como la cola de la lagartija, se te ocurre. Imaginas lo peor. Debajo de las costillas, moretones –siempre allí–, ambos codos lastimados, las muñecas rasguñadas. Detrás de la oreja derecha un grano duro. Los pies ásperos. ¿Cómo, oh Dios, sentirle el dolor al hijo? Dolérselo.

–¿Cuándo fue la última vez que lo viste? ¿Qué te dijo de adónde iba?

–...

–¿De dónde zarpó?

–...

–Ciudadana, coopere, se lo digo por su bien.

–...

–¿Quién lo está esperando allá?

–...

–¿Quiénes eran sus amigos? ¿Desde cuándo tenía el kayak en la casa?

–...

–Hazte la mansa paloma. Piensa en lo que llevas dentro. A ver, ¿no sospechaste nada? ¿Qué estás ocultado? Di, anda. Ustedes son tremendos gusanos. Cuéntanos algo que sirva, si no te tenemos que dejar aquí. Piénsalo bien.

Hoy te escabulles de la turba. No piensas en lo que llevas dentro. Regresas al cuartucho caliente. Sientes los pies hinchados dentro de las botas. La gritería monocorde recriminatoria y la consigna revolucionaria afuera. Miras la foto del hijo y lo ubicas en tu cerebro y estrenas la emoción, sin mover un sólo músculo del rostro, de irte de allí tras el hijo, al paraje mental, lejos de la turba, el ruido, los insultos, los escupitajos, los golpes, la amenaza, las pedradas, los esbirros, los trituradores de conciencias, el refrigerador vacío, la hornilla sin gas, la carne que no llega, la libreta de racionamiento, las viandas que no llegan, el máximo líder, las pedradas, el arroz con gorgojos, el oído pegado a la pared, los desesperos, los nervios, el viandero vacío, los registros, los expedientes delictivos, los huevazos y todas las puertas cerradas.

Te sacas la camisa a cuadros empapada de sudor y sucia de tierra colorada y la tiendes a que se airee. Te tiras sobre la cama un instante pero la cabeza no se aquieta. Tendida repasas el resplandor del espejo viejo, manchado, la habitación reflejada en él como una nave abandonada, el bombillo encendido emitiendo una luz amarilla descalabrada sobre la pobreza. Las flores languidecen en tres búcaros opacos; corres la cortina del fondo azul gastado. Te levantas de golpe, haces pis, y sientes la taza de baño fría cuando se acomoda al cuerpo. Orinas y echas sangre. Automáticamente sacas agua del latón con una palangana y la arrojas con fuerza, pero no traga. Revisas las postillas de las nalgas con la yema de los dedos rojos de tierra roja, rojo oscuro en las uñas. La mirada ciega del que se pierde en sus pensamientos. Hundes las nalgas en la cama que cruje. Náusea sube del vientre hinchado. Languideces. Parir no puedes, qué va. Si no más nunca te vas de aquí, detrás del hijo. Tan vieja ya. Los hombres te miran con lascivia y se imaginan cosas. Cochinos. Bajas al agua de la mente y disminuye el vocerío inhóspito, aquella turba y el espacio sitiado. Suspiras –que es una manera de soltar el alma–, y te sacas las botas de plástico azul. Ellos te castigan con la agricultura por querer irte en tu mente tras el hijo, gritan insultos y amenazas, creen leer tu pensamiento. Nada hallarán detrás de tu mirada ámbar nada que pueda leerse en tus ojos bayos. Porque tu hijo escapó del servicio militar obligatorio en un kayak. Una noche de tormenta en el Golfo salió a oscuras por la playita de 36 en Miramar, y en Cuba los misiles soviéticos apuntando hacia Estados Unidos. Has de pagar por ello y no vas a renunciar ni darles el gusto porque secretamente entiendes la tierra. Te gusta el olor del campo y te entiendes con la simpleza del cultivo. Sabes abrir un mamey y hallar el corazón negro de la tierra dentro; la primitiva naturaleza de tus instintos se expresa aquí. Cuando mejor se está en el ojo de agua –piensas y te limpias el sudor del cuello. Vaya, un hormiguero de rojas –dices, sacudiéndote las nalgas desnudas. Aquí orinas, te avientas, defecas, comes guayabas, te lavas en el ojo de agua o te tiendes de bruces a descansar bajo los naranjos, embotados los sentidos por el calor enorme que te da en la cabeza todo el día. Aquí te restriegas contra el pasto húmedo de la mañana y te refrescas. Aquí los azahares, el platanar, aquí un sueño de luces que caen del cielo durante el descuidado pestañazo después del almuerzo. Aquí te ven llegar al campamento e impones tu cuerpo rotundo, el cabello castaño oscuro sobre los hombros y senos engrandecidos, hinchados de leche; cuando te desvistes para bañarte, la piel blanquísima y casi transparente de los senos contrasta con la piel bronceada de los brazos, brazos como de hombre, maltratados por el sol, y las manos rojizas agrietadas, las piernas fibrosas afincadas al suelo firme.

Hoy cuentas ocho meses y trece días desde que se comportó raro mientras preparaban el kayak en el balcón. Pero había tan

mal tiempo como para camuflarlos de los guardacostas o conde-
narlos al naufragio, y la brecha entre dos destinos posibles pasa
como un soplo de imagen por tu frente. Los días se suceden y
tú fuera del mundo y no sabes nada de él y tu mente no puede
ser la misma. Tu mente dubitativa viene y va negando todas las
preguntas hechas. Tu mente detiene el interrogatorio en seco
con el quejido de la fiera escindida. Tu mente extraviada en las
olas encumbradas. Más allá del techo de guano del albergue,
encima de tu cabeza, todas las noches navegas un mar negro,
y no se ve nada más que el negro confuso de la marea y algún
brillo del agua. Mecida así toda la noche, mientras se te llenan
los pechos de leche blanca, un vaivén de olores marinos, y ya
nunca más comerás pescado ni nada que se críe en el mar.
Mareada así no encuentras las ideas; las gentes, las cosas, parecen distanciadas por una barrera de agua de mar, por una ola
enorme que los traga a todos. El hijo es lo primero que ves con
los ojos de la mente al despertar, su cara.

Aquí se te abren las llagas de las nalgas incendiadas en un
calor de fuego ardiendo; el sudor arde sobre las heridas, la sal
mortifica sobre las póstulas. Aquí cicatrizan. Aquí, a los dos
meses y veinte días después de las inyecciones abortivas y traba-
jos forzosos, tientas los granos adonde quedan unos montículos
prietos o postillas o lunares enconados secos. Aquí sientes que
te mojas yéndosete todas las aguas del cuerpo; sabes que algo
se parte en dos. Das las aguas del cuerpo cuando en tus caderas
algo te parte y cruje en la sien. Late aquí en este olor a tierra
y sal de tus sudores, en los labios hinchados. Empujas exiguas
violencias. Pujas el bulto oscuro de una niña prematura del
tamaño de tu mano –bulto ensangrentado. Limpias el miasma
de su cara. Es demasiado pequeña pero la razonas desde que
sale por abajo por cuenta propia, porque la has repudiado, y
ya nada iría a sustituir al hijo; porque tiene el sol del mediodía
en la cabeza –oro brillando, pelusa ardiente y sanguinolenta;

porque razonas jadeante que se parece a ti en eso de no dejarse arrancar de la tierra de tu vientre. Tal vez la amas impulsivamente porque huele a sangre de hijo. Amas la sangre, la baba que sale de tus entrañas cubriéndola. La lamerías ansiosa como un animal que se desgarra. Cuelga de ti y se ganó llegar a tus brazos y aún hala del cordón porque la imagen viene a saciar la imagen que tienes del hijo que se ha ido. Sabes que va a vivir; no has tenido que enseñarle a mamar, se ha enganchado de tu pecho rabiosamente, con hambre de vida, e instintivamente has succionado con la boca los residuos que obstruían sus vías respiratorias diminutas. Porque es pequeña como un animalillo, tiene la piel transparente, morada, le falta tiempo aún. Va a vivir. La sostienes embarrada de ti: es menos fuerte que una ternera viva, como un animal pequeño enroscado, prieta bajo la piel transparente, grita, se agita, boquea en tus manos, sabes que va a vivir.

La boda de mi Madre

Hoy te levantas con el velado recelo, vislumbras que la vida es otra. Que en el devenir de los años se fuga el gesto propio, el ademán romántico de tus días jóvenes. La recoges al borde de una acera habitual y distante, en el recuerdo de aquella Habana neblinosa y congelada en el tiempo. Vista así, la ciudad que ya no tienes delante de los ojos pero que va contigo. La Habana antes de la hecatombe, sacudida por una revolución subterránea y actividades clandestinas. Es el verano de 1957, un año marcado por una Habana que arde. El ataque al Palacio Presidencial y la toma de Radio Reloj han dejado una estela de sangre. Hay un miedo y un desafío solapado en las calles. Abre el año con una bomba que explota en el Cabaret Tropicana arrancándole un brazo a una joven, y el gobierno despliega su torrente propagandístico contra la insurrección. Dos amigos muertos y tres encarcelados; a ti te interrogan en el Buró de Represión de Actividades Comunistas. Ella quiere que se solucione por las urnas; tú por la lucha armada.

La observas subirse al asiento trasero con los dos niños y mirar por la ventanilla hacia un punto fijo perdido afuera. Su silencio te subyuga. A nadie más miras y a nadie ves. Manejas con actitud sonámbula las calles de la ciudad; de vez en cuando tus ojos la encuentran en el espejo retrovisor. Los niños, morosos por la hora de la siesta, no molestan; recorres Centro Habana y navegas su silencio. Penetras el nuevo estacionamiento en Galiano y Concordia, el interior absolutamente gris de las paredes. Dos luces se barajan las superficies: la luz blanca fría y recia que proviene de las impecables lámparas alineadas en el techo, bañando el aire con otra realidad, y la luz de la tarde que atraviesa las celosías de concreto cubriendo las rampas con un velo, y por momentos, sombreando un encaje sobre su rostro taciturno. Asciendes hasta el último piso y desciendes errabundo al punto de partida, conduciendo de manera circular pasas repetidas veces por delante de la cámara lenta. Lloras muy tristemente y manejas. Un paneo repetitivo te lleva, finalmente, a estacionar a diez pasos de una puerta que da a una escalera que a su vez da a un elevador azul. Sales del Chevrolet beige del 49 y ella hace lo mismo, unos treinta segundos después. La ves echar a correr huyendo hacia la puerta que da a la escalera, que da al elevador azul. Rompes corriendo tras ella. Como un loco desciendes piso tras piso, sin dejar de llorar un dolor antiguo, abriendo las puertas del elevador para dar con el hueco negro del vacío, hasta que abres una puerta donde sucede la escena siguiente: dentro del azul, te miras besarla y sollozas; dentro de la imagen la aprietas contra ti en su vestido de terciopelo verde y te preguntas qué diablos te extrajo luego de ese amor durante aquellos años primeros de la revolución que se desmoronaría para ustedes y los excluiría (aunque eso lo supiste más tarde). Las lágrimas corren por tu rostro arrugado y hermoso. Dentro del abrazo algo dice, algo que de tan balbuceado se ha perdido: que si los niños están solos en el auto, que si llegarán tarde a la Revista Bohemia.

Pero la imagen se esfuma y ya no puedes hacer nada para recuperarla. Su boquita roja y esos dientes blanquísimos, sus ojos bayos entreabiertos y húmedos mientras habla por lo bajo y besa arrobada. Lees sus labios en *off*: *siempre la busco a ella, la voz del secreto y del vuelo*. La imagen se quema sobre la pantalla y nada podrás hacer por el recuerdo –desde la sala de butacas de la memoria.

La trama fílmica

Ciudad de La Habana, 1980. La trama es urbana, desglosada en imágenes fílmicas, detallados fotogramas de calles y lugares, una cronología errática, un mapa mental pasa por los ojos de la memoria –casi psicodélica en la superposición de imágenes y la riqueza de los detalles. Cine con olores, donde la memoria olfatea el olor de lo que lleva el aire: el salidero de gas, la gardenia, el mar, el orine, los olores de la pobreza. Banda sonora original: *Boleros perdidos*, de Alfredo Triff.

Plano secuencia
EXT. CALLE – TARDE
ÉL y ELLA se encuentran en la esquina de la calle San Ignacio y Amargura, en la entrada del Hotel Raquel, en La Habana Vieja. Salen tomados de la mano. ÉL detiene un taxi, un Ford argentino color crema, en la Avenida Bélgica y abordan para merendar en La Rampa: pide al taxista que bajen por Malecón hasta La Rampa; el taxi sube por Humboldt hasta la calle O donde se bajan y caminan por O hasta la calle 21, hacen izquierda hasta la calle M rumbo a La Roca.
ELLA
(se muestra incómoda allí)
Prefiero tomar algo caliente, tengo frío, algo que me saque el frío de adentro, como un ron o una Viña 95.

Salen del restaurante para caminar hasta la calle 23 pero en vez de regresar por O lo hacen por N. Ella mira la puerta del fondo del restaurante que da a un alero sucio y gris, los latones de basura de los negocios de la calle frontal dan color a la escena, color (¿de qué otra cosa?), gris churre. Van Rampa abajo

en dirección al mar y se tropiezan con X que los reconoce y saluda; se despiden y continúan bajando en la misma dirección.
Plano figura
(causa ELLA gran impresión. A la altura de O, ÉL se dirige a ELLA)
ÉL
(acercándosele)
Eres una mariposa errática [...] como si estuvieras a punto de morir, das tumbos.
ELLA
Vaya, ¿así que eres poeta? ¿Pero de dónde tú saliste mijito?

Él la toma por la cintura y la besa introduciéndole la lengua casi hasta la garganta. ELLA se tambalea y hace una mueca de extrañamiento cuando ÉL la suelta de pronto y la contrasta con el paisaje urbano.
Travelling retroceso
Continúan el camino dando la vuelta buscando Infanta por la calle P, donde determinan regresar a La huevera que queda a un costado de La Manzana de Gómez. Pero al llegar al bar, uno de los dos decide irse solo y ELLA apura la Viña 95 con yema de huevo; ÉL empieza a subir de empinada el camino de regreso, en dirección opuesta, mientras el viento le despeina las ganas y el desquicio. A los tres minutos de escalada cambia de idea y regresa a buscarla. Toma el automóvil de alquiler camuflado (un Mercury de 1952 a dos tonos) hacia Infanta y 23. El tráfico se hace lento, parece que nunca saldrán de Centro Habana... en algún momento cerca de 23 se apea del auto y echa a correr: la encuentra cuando ELLA casi se marchaba en un ómnibus Leyland.
Flash back
EXT. CALLE – ATARDECER

Una muchacha rubia y muy delgada, demasiado joven y demasiado blanca para el trópico, pero sí algo soleada en la cara, los hombros y los muslos, y un muchacho trigueño y demasiado delgado para estar en la pubertad, se reencuentran en la calle 23 y Avenida G. Suben a pie conversando desde Infanta y 23 por la acera del edificio La Rampa, tuercen al llegar a la calle O, se examinan a hurtadillas en los ojos verdes y aguijoneados de ELLA y en los ojos amarillentos y derrotados de ÉL, la punzada del verde sobre un verde que ya estaba ahí, en el amarillo de los ojos café de ÉL. La toma de la mano para subir hasta la entrada del Hotel Nacional ya casi a la hora del crepúsculo.

ÉL
(halándola del brazo)
Podemos sentarnos a conversar un rato. Traspasando el vestíbulo irnos hasta la lomita a ver la caída del sol.

ÉL es alto y oscuro, delgadísimo y fibroso, desproporcionado, ojos oscuros aunque con vetas amarillas, los labios más oscuros aun para cubrir una dentadura blanquísima y magnífica, encías rosadas, lengua roja. ÉL dejará de ser lo que es. ELLA no es nadie todavía.

Close-up
ELLA
(responde a la cámara)
Sí, pero primero tengo que ir al baño.

Panorámica vertical
ELLA mira la larga figura sobre la lomita que debió haber sido un acantilado e imagina cómo sería la vida si lo empujara al vacío que da a la Avenida de Maceo —la cámara registra su pensamiento.
Esfumato

EXT. CALLE – PARADA DE ÓMNIBUS – NOCHE
Plano secuencia
Cruzan 23 para esperar la ruta 32, autobús Leyland recién
pintado de verde, amarillo y rojo que los llevará hasta la esquina
de la calle 42 y la 3ra avenida, donde vive ELLA.
Fade out
EXT. CALLE – NOCHE
Fade in – Travelling retroceso
Llegando al apartamento a ÉL le da un hambre repentina,
la deja a la entrada del edificio, y cruza la calle rumbo a la piz-
zería de 42 y 1ra que casi queda enfrente, cruzando la calle 42.
Mientras camina mira la acera rota evitando un bache; el aire
de mar le llena los pulmones.
Split Edit – Puente musical
Se siente fuerte y robustecido, regresando con dos pizzas; la
llama con un silbido. Toma reacción de ELLA recibiéndolo a
la entrada del edifico.

INT. APARTAMENTO – NOCHE
Plano figura
ÉL
(extendiéndole una de las pizzas)
Ya estaban cerrando pero resolví dos. De queso una y de
jamón y cebolla otra.

Comen, se besan, se tocan, él le mete tres dedos hurgando
ahí y ella abre bien las piernas bajo el vestido amarillo, se moja
y se queja, él le muerde el cuello mientras le mete las falanges,
un dedo tras otro, ella se dilata y la mano entra hasta donde
empiezan los dedos. ELLA le chupa los dedos de la otra mano.
Luego de los gemidos de ELLA, ÉL se abre la portañuela y se
la sienta encima y se la entierra; así transcurren unos nueve

minutos de jadeos hasta quedarse quietos. Se dan cita en la playa de enfrente al día siguiente.

Close-up

ÉL

(abrazados)

Mejor en el Playito, porque aquí nos agarra cualquiera.

ELLA asiente y ÉL le pellizca una mejilla. Pero la escena toma un giro desconcertante:

Plano secuencia

EXT. CALLE – NOCHE

Cuando ÉL sale de la casa diciendo adiós con la mano derecha, una mujer muy delgada, con las piernas separadas y el paso rápido, los ojos muy redondos y grandes brillando en lo oscuro, lo increpa en la acera. ELLA los ve intercambiar frases, mas no puede comprender qué sucede porque está oscuro. ÉL asiente sin mirar atrás, parece aturdido, casi cubre a la mujer con su cuerpo, la neutraliza, la quiere sacar de ahí, la oscuridad ayuda a confundir los hechos bajo la luz mortecina de las farolas de la calle. En unos instantes ÉL le tira un brazo por encima del hombro a la mujer y echan a andar en dirección contraria. De este modo, la mujer delgada con las piernas separadas y los ojos muy redondos y grandes y ÉL pasan frente a ELLA, sin volverse a mirarla y siguen de largo.

Travelling circular en ELLA

(ELLA recuerda)

Un aire ausente la anula, sin remaches, sin terminados, los muchos cabos sueltos en *Flash back*: Una vez Él y ELLA, al principio de conocerse, habían andado desde el 1830 bordeando todo el Malecón hasta La Cabaña, sedientos y sudados se habían sentado encima de los cañones. En el recuerdo ELLA se restriega contra el hierro oxidado del cañón y cambia de color. Cae el sol encima. Sólo porque hubieran ido al 1830 la historia vale la pena recordarse –ELLA se le soltaba a ÉL para ir allí a cantar y escuchar su propio eco bajo la cúpula de la glorieta. ¿Cantaba qué? *Soldier of Fortune*, de Deep Purple. Recuerda como miraron caer el sol rojizo en el agua morada, como leyeron nubes, las vieron colorearse, como se besaron con mucha lengua y escribieron en un papel los nombres enlazados. Por eso es una historia de amor, porque a pesar de los percances políticos –ÉL era el hijo de un alto dirigente del gobierno y ELLA se iba del país– el paseo fue ése y no otro.

Banda sonora – J-Cut

INT. EXT. ÓMNIBUS – NOCHE

Close-up

Continúa el *Flash back*. Retiene los detalles de la caminata en retazos, mientras regresa sola a Miramar sentada en la última hilera de asientos, mira por la ventanilla hacia afuera, la cabeza pesada, el cabello enredado por la brisa salada, oyendo música nacional proveniente del radiecito de baterías del conductor de la Leyland: «Sandunguera, que tú te vas por encima del nivel», de Los Van Van.

Se extravía el Storyboard, no sincronizan imagen y sonido, planos erráticos, negativos – Esfumato – Black-out

Es así como atravieso la pantalla y me sacudo los deberes, la formalidad de una buena vida, me miro en las vidrieras mientras camino a paso rápido y me interrogo –en camino a encontrarnos soy mi reverso. Llegar a este hotel alejado convenientemente del centro y sentirme un cliché. Y eso que no ha aparecido Eslinda Cifuentes –digo por lo bajo y sonrío agriamente. Le oigo la música a la escena, el bolero desarticulado (y si oigo la música incidental, si reconozco las costuras ficticias, ¿cómo voy a ejecutarla?). Me oculto bajo las gafas oscuras, el cabello recogido con un nudo en la nuca. Este hotel porque es poco frecuentado. Entro al vestíbulo con la cabeza baja huyendo de las luces, me constriño dentro del abrigo como si las gafas oscuras y el abrigo por debajo de la rodilla pudieran esconderme. Llego al elevador y le espero. Llega y abordamos sin palabras; aprieto el botón que indica nueve en rojo. Lo empujo hacia la habitación con un monosílabo y casi lo desnudo revisándole con los ojos, tentándole con las manos con los codos con las rodillas arrebatadas. Me suelto el cabello, me interrumpo, enciendo luces, recorro la habitación. Tiento en la tensión del símbolo. Es como si faltara una falange y no hay explicación para ello. Pero toda falta alude al fantasma y nunca nos vamos a curar de la cortada del dedo. La falange está en ausencia. Cambiar de sexo es un mundo por otro, es saquear el símbolo, explotarlo. No tener un pene sino parte de ello, es una plenitud de grises que bañan otra inconsciencia. Elucubro: luego tenemos en común que los dos hemos querido cortarnos los genitales. Le veo el ademán bajo el vestido mostaza y pienso que tal parece que quería ser yo y no ha fallado del todo al representarme. Me ha tocado los senos antes de entrar, ha extendido los brazos en el pasillo forzando una pausa, con las manos enormes y lánguidas ha palpado los brotes duros y breves para hallar nada. Porque hay una ausencia en ciertas partes del cuerpo, órganos fantasmas. La mente juega a esconder órganos táctiles bajo la piel. Mastico hielo y examino el encaje de su ropa interior, la perfección del brocado, las transparencias del chiffon del sostén centelleante, la tenebrosa libélula estampada en la piel.

Dentro de la habitación todo es tan nuevo, tan pulido y organizado, tan resistentes los materiales industriales lujosos. Me asomo por las cortinas ahumadas blancas debajo del azul tupido perfecto de las segundas cortinas que se tragan toda la luz de afuera. Entorno los ojos para ver un James Whistler: suaves los bordes de los edificios, azules maleados, una grisura

lechosa. Un Whistler que atenúe las superficies lácteas de cartón piedra, que haga la piscina sombría, las gentes dosificadas
a esta hora del atardecer, velando el ocre de una ciudad otra,
tan lejos de la ciudad inmisericorde donde nos conocimos en
otra vida. El *Rosé* recién descorchado se nubla dentro de la
botella. El teléfono vibra dentro del bolsillo del abrigo. Mi
propio abrigo de cachemira beige sobre la butaca perfectamente
tapizada en seda multicolor, exuda concordancia. Pero a lo que
sucede aquí le faltan colores. La música se la tragan las paredes. No se puede sufrir tanto, no se aguanta. Antes la ventana
daba al mar y una podía bajar al fondo y palpar los corales, las
esponjas, los erizos agazapados en la roca. La ciudad arrojaba a
una al vertedero de arrecifes. Y una ensayaba la partida; ansiá-
bamos tanto irnos para siempre de allí. Ahora la ventana da a
una piscina gris velado. Pero yo necesito una chapucería, una
lacra, y en lo repugnante, una soledad principal. Escondo esta
pulsión, me escondo aquí con *ello*. Vengo a buscar la apetencia
estética en el extravío, la indulgencia de lo dañino, que lo que
practico día a día se accidente, vengo a enfrentar el descalabro, la amenaza de perderlo todo. En personaje, me adentro
en el bajo mundo, ensayo algo maléfico, desdeño la muerte,
y esta inmersión es una artesanía de mi espíritu. Acudo para
constatar un desperfecto, un desasosiego que en mi día a día
apenas se produce.

Vamos hacia los baños y lo veo andar frente a mí: Eslinda
Cifuentes, alta, desgreñada, falaz, irreducible, todo su gesto
amanerado, libérrimo, su ademán impúdico, soberano, su extra-
vagancia, su embrollo. Se sienta en el bidé y por un momento
de quietud la escena es una fotografía de Brassaï, la misma
indiscreción, la blanda nocturnidad: abre el grifo, se enjuaga
la sien, se irrita, pone los ojos en blanco, supuestamente goza,
qué más da. Es una escena lenta y peligrosa, hablamos despacio, retazos de diálogos que son exhalaciones, grisuras, nos

conducimos fragmentadamente a un espacio desolador, como si en una escena entre Jeanne Moreau y Jean-Paul Belmondo en *Moderato Cantabile*.

Recompongo la pantalla de filigrana de madera de la lámpara que hay sobre la mesa de noche, a que nos alumbre a la manera de un interrogatorio abatido. Como en un mal sueño, venimos a buscar este malestar. Así me permite examinarle bien de cerca. Me toca el vientre, uno a uno los lunares en cadena: uno grande hacia afuera, carmelita oscuro, y luego un lunar rojizo y otro lunar negro salpica lunarcitos más pequeños, puntos prietos que se pierden en la piel blanca, en la vena azul que enseña la piel. Muerde el lunar en la ingle –un lunar que heredarán mis hijas ahogadas. Negro y rosado, fijo en la piel –con la edad crecerá en verruga, pero yo aún no lo sé–, lunar cuño, raíz, pulpa genética.

Me excita de Eslinda Cifuentes lo que no ha podido borrarse debajo de lo que exhibe, el residuo masculino: la robustez de los hombros, la nuez de Adán atenuada, algo en los pómulos, en los pies más rústicos (calza sandalias negras muy delicadas), en las grandes manos huesudas y en los dedos, los codos oscuros, las desproporciones –algo adquirido. La voz irrisoria. Y en el cuerpo a cuerpo, una fuerza que me supera. Las variantes del cuerpo de encuentro, la extensión de las extremidades flacas, la oscilación, lo indeterminado. Se dirige a mí como con rabia y tomamos ridículos la curva de la debacle pasional. Después de múltiples operaciones quirúrgicas, tratamientos hormonales y retoques cosméticos todavía no me derrota (pienso que su mortaja llevará la ausencia de ciertos tejidos que fueron mutilados, costillas removidas, y un exceso de materiales artificiales insertados ahí). No ha podido solucionarlo, la evidencia es que todavía me desea. No ha podido atenuarlo. Hay una laguna en lo que exhibe. Su voz pastosa dice y no. Un qué sé yo. Se toca la medalla de oro de la Virgen de la Caridad que le cuelga del cuello –muy ancho el cuello– y retiene entre el índice y el pulgar a la Patrona de Cuba con su corona de fuego. Melodrama, galimatías; damos inicio a la representación. Entre nosotros corre un silencio como un chorro de agua pútrida. Un silencio agitado nos vincula. Un hilo líquido le baja por el muslo, un hilo cose mi vientre, un hilo de carne le cose los pezones encima del injerto de silicona, un hilo de agua, hilo aguja, hilo de seda por el ano, un hilo de voz chorrea de su boca, un hilo de esta historia, perdí el hilo, se me ha desenhebrado la cabeza, me quedé en un hilo de su anatema, se salvó por un hilo de asfixiarse bajo la almohada, vivió en un hilo después de salir de la cárcel castrista, pendió de un hilo su cordura, se viene en un hilo eléctrico, un hilo invisible nos une en un lazo (con púas), hilito de horror, hilo dental que corta la encía, hilo de aire abrasado, hilacha rancia.

–Cuánto lazo contigo, mija –dice melodramática Eslinda Cifuentes.

Angulosa, lleva en la boca degenerada todas las categorías del fuego: madera quemándose, que es oxidación; el sol, que es fusión nuclear; el relámpago o rayo, que es emisión termal; la fosforescencia en síntesis de compuestos orgánicos como los cocuyos, algunas especies marinas y los úteros humanos preñados que son biofosforescentes en la pantalla del ultrasonido; la luz eléctrica, que es emisión del espectro. Ahí en el aliento caliente, en el enlace en pareja, en lo producido entre los cuerpos, hay un fuego fatuo y un fantasma que arde, como una falange perdida de un tajo, rociada con vinagre. Su boca quema el instante, achicharra, y suena a bolero infecto. La boca tiembla. La voz pasada de tragos se sincera. La boca inyectada de Eslinda Cifuentes es la desembocadura a la tiniebla. Lleva su mente en la boca. Me río por dentro y cuando habla se me apagan todas las luces.

–El puño por Dios, méteme la mano –digo.

Dice esto y aquello y cumple, y luego bosteza o finge que se aburre, luego se agita como una bestia atrincherada, torpe. Grita como un animal. Nosotros no apaciguamos la bestia de sexualidad angustiosa. Una sombra en los ojos parece hastío. Embestimos con la misma rabia el mismo desafuero. Aunque a veces muestre desdén y yo le golpee, estamos a la misma altura del descalabro. Hago como que me voy porque le quiero desolar, porque tiene más fuerza física que yo, por lo que sea, porque ha dicho que mi Madre ha hecho esto y lo otro, que ella disfrutaba enfrentarnos. El hecho de hablar tan fríamente de algo tan mío es al menos una canallada. Discutimos, pero yo me veo dentro de la escena. Fumo de la ventana hacia fuera. Me echo a llorar, toso. Hago como que le desprecio porque le reprocho algo. Cualquier cosa por hacerle sentir miserable. Hasta que cae un disfraz y se siente culpable. Aturdido en sí se contorsiona, se toca mientras devora su propia sustancia agria. Le reprocho una falta de sentido a lo que hacemos. Ante ese vacío me vuelvo cruel. Virilizada y convulsa le pego un puntapié en el muslo. Es una actitud recíproca. Le pego, le entierro un codo en el pecho y me hundo entre sus nalgas recién afeitadas. Acudo a un vértigo simbólico, demente. No deja de ser abrumadora, Eslinda Cifuentes:

—¿Que qué? —apuntándome con la uña rosada, disfruta dramática. Tumbado así, de cara al suelo. Depilada y teñida, descubiertos los hombros.

—Así lograste huir disfrazado de mariquita y parece que te gustó, ¿no? —digo con la voz de la mente en los ojos.

—Ay, deja eso. Tengo mala memoria.

—Lo mejor que has podido hacer con tu vida es esto. Qué desastre.

—Deja esa pinga te dije.

—¿No te cansas de jugar a los vestidos, maricón?

—Desvía la atención. ¡Qué enfatuada estás!

–El corazón de tu madre, hijo de puta.

–…

–Mentira, eres perfecto. Apabullante, Eslinda Cifuentes.

El acosado político vigilado hasta en el más nimio descuido de su intimidad, expediente abierto que lo señala como ruina humana, cifra vencida. Hilos de un personaje maltratado por el tiempo. Cuando te llamabas X y tenías un pene erecto y el prepucio oscuro y axilas peludas y barba de tres días. En nosotros hay una violencia derivada de la estirpe de barricada que nos precede, los asaltos sexuales en los baños destechados y en las letrinas, el entrenamiento militar, los simulacros de guerrilla, armados y dispuestos a saltar de la litera al campo de batalla, de la euforia patriótica a la apatía existencial, de doblegarnos al sistema a la desobediencia civil, del retozo estudiantil al juego violento. Y una abulia similar a la desesperanza está en esta cama, la indecisión genital, la ambivalencia entre lo que sentíamos y lo que no decíamos por miedo ni en público ni en privado. Todo aquello equidistante a la atrocidad de este encuentro, zarandeados en un cachumbambé histórico que no da tregua. Teñido del tono inmejorable de este paisaje exiliado curado de engaños, espumajeamos cierta baba, desidia, indolencia moral; oscilamos entre el desgano existencial y un impulso autómata a la violencia. Somos el ocaso de los ideales que escatimamos desinflados, sin esperanza ninguna, algo siempre nos deja vacíos. Por eso:

–Fuma hasta que te mueras –dice la boca de Eslinda Cifuentes.

Voy a la butaca, apuro dos cachadas al cigarrillo, levanto el ancho cojín que sirve de asiento y por debajo hundo el cigarrillo en la tela que cede al calor alcanzando la esponja dura. Vuelvo a acomodarlo luego. Desecho el cabo de cigarrillo aplastado en el inodoro y halo. Apago la luz del baño y me sumerjo en lo peor. No somos libertinos en lo absoluto, no tan canallas ni tan sensuales; estoy llena de inhibiciones, sin embargo no en la mente, no para mí misma. Yo ejecuto mientras viajo mentalmente a pensarnos, desde esta intimidad y estas sesiones dislocadas –pero sucede que el cuerpo se sacia con la idea de este trance y no se anima. Nos veo en *The Ballad of Sexual Dependency* de Nan Goldin, nos sé las vísceras débiles. Vamos hasta el final de algo y total, seguimos angustiados, condenados y caricaturescos, idiotas tendidos en la cama. Soy más astuta que esta excitación incómoda. El sexo es algo que espero que pase. Desde la más clara congruencia, busco dislocar el pensamiento para formarme una idea de mi deseo. Una idea que no encaje en la realidad, en el orden establecido.

Mi ánimo sucumbe a abstracciones. Bebo para aturdirme y se me nubla su cuerpo espléndido –las permutaciones de su cuerpo–, y mi deseo traga puntos muertos, me pongo analítica me agudizo me depravo. Se me encogen los pezones, me despeino, se me corre el maquillaje. Bebe y se pone insufrible, se envilece, se vulgariza, se desinfla, se le encienden los pómulos, la boca se le corrompe, se oscurece, todas las mucosas se le oscurecen, los labios, las tetillas cosidas dilatadas a la fuerza sobre el relleno; el discurso se le malea. Bebo y me late ahí, duele lo dura que estoy. Y me pasa una sombra por la frente, como si me fuera a borrar un manotazo de agua, se me enfrían los labios. Mi deseo traga puntos muertos; su cuerpo no me ofrece lo imposible. Esta imagen de *ello*, bocabajo, de cuajo sobre la cama, con las nalgas afeitadas, no le debe nada a su contexto: a trasluz, su cuerpo apático sobre retazos de ropa, sus emanaciones dulzonas dosificadas, aún sin sangre en las venas, vaciado en femenino.

–Te estás acordando de mí cuando era hombre –dice la boca embrollada de Eslinda Cifuentes.

–¿Lees mentes, maricón?

–Méteme el lápiz en el culo, dale.

Qué asco. Estaba previsto que nos desnudáramos, nos tocáramos, nos habláramos sucio al oído, y siempre estos encuentros revisten un peligro, como si al cabo de los años no hubiéramos llegado a fondo –o como si hubiéramos llegado al fondo de nada. Huimos imaginando una novedad que devino falta y esta constatación nos torna violentos. Luego agotados, quietos, lastimados, llega el silencio y vemos la muerte.

Mi deseo siempre está en relación con lo imposible.

Le golpeo el gaznate a ver si se borra, a ver si se convierte en larva. Son golpes torpes, forcejeo, lucho a ver si suprimo ese gesto osado con que me enfrenta, a ver si desaparece este deseo que martillea en las sienes como pulpa genética sobre mi corazón de ave. Golpeo para untarle mi desquicio, una a una las pulsiones desordenadas. Lucha y finge que lucha por su vida y se me nubla la vista, se le nubla el rostro, se le nubla el deseo, se enfría el cuerpo (un cuerpo que había llegado hasta aquí, se hace agua), y se le torna vehemencia, se le nublan las pupilas, las manos huesudas, la voz afectada se problematiza en quejido, en ay, y se le pone la voz carrasposa, ay, como si contuviera un vagido, ay, se enmaraña hasta la ida a esta habitación, la alfombra azul industrial, ay ay ay... ay, la cortina doble, el respaldar de la cama a rayas doradas azules y rojo sangre mate, ay, en el jardín pálido de los cuadros ornamentales que cuelgan sobre el respaldar de la cama se nubla la historia, ay... ay... ay... ay... ay, la cinta fílmica de la memoria que tengo en los ojos por los que nos veo, el cerebro se me hace imagen de cine y mejora esta trama.

Y luego no era que se nublara, es *esfumato* que nos saca de allí desnudos insertándonos en una escena del pasado. Bruscamente se aclara la imagen del presente. *Banda sonora – Split Edit*: Me yergo súbita y de un mordisco le arranco el pezón.

Y luego no era que se nublara, es *esfumato* que nos saca de allí desnudos insertándonos en una escena del pasado. Bruscamente se aclara la imagen del presente. *Banda sonora – Split Edit*: Me yergo súbita y le escupo entre los ojos.

Y luego no era que se nublara, es *esfumato* que nos saca de allí desnudos insertándonos en una escena del pasado. Bruscamente se aclara la imagen del presente. *Banda sonora – Split Edit*: Me yergo súbita y le araño la cara –de la piel emergen cuatro líneas de sangre paralelas y bajo mis uñas miro la piel enrollada.

Y luego no era que se nublara, es *esfumato* que nos saca de allí desnudos insertándonos en una escena del pasado. Bruscamente se aclara la imagen del presente. *Banda sonora – Split Edit*: Me yergo súbita y me lanzo por la ventana.

CODA

Al teléfono, la doctora me ha explicado tus ahogos utilizando una analogía: es como si estuvieras debajo del agua y sacaras la cabeza para tomar aire. Entonces he ido con absoluta convicción hasta refrigerador, con la jeringuilla he extraído tres líneas de morfina, he regresado a tu lecho y la he vaciado debajo de tu lengua. Ay Madre mía de mi alma a dónde vas con la morfina. Pero tú no estás debajo del agua ahogándote en tu sueño de muerte. Entonces he entrado a la cama contigo para recorrer esas aguas lúgubres, Madre. Te beso los ahogos, las mejillas, la vida que te queda. Nací frente al mar. Allí vivimos hasta que nos fuimos tras ustedes. El mar nuestro de cada día. En el conteo de tus ahogos hay un mar, hay un mar en el cielo raso de tu habitación, tan dispuesta para ti, las cortinas entornadas para que la luz del atardecer no perturbe lo solemne y tremendo que nos sucede. El ventilador entornado para que no te sople directamente, la cama de hospital instalada en tu cuarto ya cuando era lo mejor para ti y te pedí permiso para deshacernos de tu cama en la que querías morir, los objetos tal cual te gusta tenerlos, las fotografías, tus abanicos y pencas, tus pulseras, tu talco. He dicho a la enfermera y a la joven que nos ayuda que no se mueva nada de su lugar, a ella le gusta así. Todo tan dispuesto para ti para que mueras ahogada. He ordenado que se hable en voz baja y he entrado a la cama contigo. Hay un azul agrisado en las nubes de esta tarde y un mar inquieto en tu pecho ahuecado y lento como una ola que no acaba de llegar a la orilla. Antes me decías, tú naciste mal, te faltaba tiempo, no se te formaron bien los pulmones, mija. Pero yo sé que el asma es nadar tu muerte y no hallar la otra orilla, el asma ya sé, es recorrer este mar último, tus aguas negras.

El miedo a que murieras me empezó muy temprano en la vida. Ese dolor que es una contracción detrás de los pulmones antes de un llanto que no llega. Busco hacia atrás y no tengo recuerdos de cuando no existía ese temor, ese abatimiento ciego. Te vi vieja, te vi canas, te vi llorar y pensé que morirías. Entonces llevo una vida sufriendo tu muerte. La quemadura en tu mano y como te ardía mientras planchabas ropa de cama trabajando de sirvienta en casa de un doctor. Que te rebajaras a sirvienta, cumplieras órdenes y soportaras regaños, era lo más natural para ti, pero para mí es aflicción. Tus caídas, tus sudores fríos, tus ataques de nervios, tus ampollas en los pies, tus suspiros (te desahogabas haciéndolo, decías), los golpes que se daban ustedes dos, las cosas que se gritaban forcejeando. Cuánto dura mi canto fúnebre. No conozco un dolor igual que cuando tú llorabas. Sigo preguntándole a la escena. Pareces una muñeca de vidriera, empequeñecida e inerme, tu color sano y tu tibieza, antes de morir. Algo te va iluminando en vez de apagársete. Ningún cliché recomendado en estos casos puede suplantar el arrobo que me trae tu primor agonizante. Un brillo y una lasitud muy tuyos. Y si me dejo me pierdo en el pasaje de tu muerte. Los millones de minutos de tu vida me arrastran contigo. Y tú vienes como de muy lejos y realizas un gestualidad mínima o un ahogo. Pero tu ahogos no. Tus ahogos me hacen trizas. Ésos no puedo soportarlos. Esos ahogos donde dice la doctora que sacas la cabeza desde fondo del mar buscando aire. En una habitación tan ventilada para ti, tan a disposición tuya, para que mueras ahogada. No en el mar que se llevó a tu hijo. En todos los cielos hay un mar invertido y un vaivén infinito. Veo mar en el azul, en el verde, en el plateado. En el morado hay un mar profundo y en el gris hay un mar nublado. En el negro siempre hay tormenta marina y noche. Hay un mar ceniciento en las tristezas de este verano. Hay mar en ciertas miradas. En las pieles hay sal de mar. Hay una sal en el fondo del plato que no he probado; las losas de la cocina flotan en un mar mustio. Una sal que aúlla su mar profundo, su fondo marino. Un llamado de mar salpica, un naufragio urbano a donde mi mar va a tragarse los bordes de las aceras. Hay una sal en el fondo del espejo aguado y hay mar nuestro en su plata líquida. Nací frente al mar, allí nos criaste, allí vivíamos soleados mirando hacia el norte y soñando la partida. Hasta aquí ha llegado perpetuándose. Lo huelo, lo oigo, lo presiento. El mar siempre ahí con su cresta de espuma, como una frase hecha, como un padre severo. Y ahí frente al mar permanecimos hasta que logramos escapar llenos de mar como para durarnos toda la vida. Y sin embargo no sé lo que significa nacer frente al mar y que su grandeza lleve y traiga a una. No sé lo que significa el mar de una. El siempre mar, *mère*, *mer*, mar de una. El mar de todos los días y las noches, el mar de todas las horas y de los recuerdos exiliados. El marco de un mar espléndido, no sé qué significa. Su omnipresencia, su poderío. Se dirá que me salieron escamas en la conciencia, betas de sol, agujones de orilla, erizos de arrecife. Pero un mar no es palabra, no es reducible el mar nuestro. Un mar no es la palabra mar. Mar de fondo, mar con que irnos a dormir, viento salado. Una regresa después de treinta años y el mar de una ruge entre las puertas de la costa y se asoma en las entrecalles. Una se le acerca y viene y va como si fuera a tragarme, mi mar. Tanto así, el mar de una.

Ordené silencio. Dije, que no se comenten trivialidades, que no se muevan tus objetos, la cómoda ordenada por ti, el altar a mi abuela, las cosas como te gustan y como las reconoces colocadas ahí por ti cuando estabas mejor. Silencio para desentrañar tu estado de gracia, tu aliento exhausto en esa paz que logré para ti. Estás apagándote y tu cuerpo se ha embellecido (te habíamos bañado y luego yo siempre te entalco y perfumo). Como una niña tibia transformas el jabón, el talco, la colonia, en olores propios. Tus gestos son una pantomima lánguida: subes una pierna, apartas un invisible, acercas las manos a la cara como si rezaras. Pregunto a las enfermeras, a los médicos, llamo a los especialistas que te han atendido, averiguo todo lo concerniente a tu condición última, los detalles que me ayuden a entender la escena y articular lo que sucede a tu cuerpo, razonar la sustancia de las cosas que te rodeaban, la atmósfera elusiva, tan de otro mundo: el sonido de la máquina de oxígeno, la sábana azul marino que luego fue tu sudario, tu olor, tu respiración lenta, tus movimientos acompasados, tu piel cálida y las marcas que te conocí toda la vida, tus pies cuando empiezan a ennegrecerse, tu ingle hinchada y dura. Si bien he dispuesto todo y reconozco los síntomas antes que las enfermeras, no tengo autoridad sobre la sustancia de la que está hecha la escena.

Esta etapa final empezó el lunes, cuando ya se te iban las fuerzas. Dejaste de tragar y no se te forzó. Al no tragar no se te podían administrar los medicamentos por la vía oral. Curioso cómo fui aprendiendo paso a paso lo que requería cada instancia de esta nueva etapa de tu ida. Dejaste de tragar. Se acrecentó la somnolencia. Porque hay un momento en que el enfermo mortal deja de tragar. Y esta es una etapa definitoria que le aproxima a la muerte. Los enfermeras de hospicio lo saben bien. Atenta con el corazón en vilo aprendí de inmediato; lo leí en tus ojos apagados, en tu inmovilidad y en el silencio de las paredes. Cuatro días sin comer ni beber y es cuando te empezaron los ahogos. Unos ahogos te traen del letargo. Tu corazón exangüe. Entonces todo sucedió más rápido. Antes decías, el cielo está cargado, no ha salido el sol derecho, mira como hay agua armada allá arriba. Cuando ya no podías sentir el tiempo ni atinabas a ubicar las horas del día, me preguntabas, qué hora es, qué día es. Entonces durante todo el tiempo que duró esa etapa final yo diariamente te decía la fecha, te señalaba las horas en el reloj de pared o por la ventana te mostraba el atardecer, te comentaba si había llovido, indicaba el día de la semana fulgurando por las cortinas entornadas. Apartabas el aerosol o me apartabas, porque fuiste arisca. Hasta en tu cama de moribunda a veces me apartabas con un gesto instintivo. (Él también me aparta a veces y yo casi siempre soy la perra faldera en busca de que la rechacen). Ese gesto jíbaro tuyo me ha enseñado mucho, porque me armó de una laceración y una orfandad excesivas. Así es como soy una perra faldera emocionalmente. Aúllo, ladro, gruño al que se acerca, lamo los pies y las manos de mis dueños, muevo la cola, corro detrás de mis instintos, me hago pis en los momentos de euforia o de mayor tensión dramática. Te beso los ojos, entre las cejas, el cuello, detrás de la orejas, las manos, la cabeza, entre los senos, las sienes, las palmas de las manos, las rodillas, las mejillas hundidas, el bulto del marcapaso debajo de la piel encima de tu corazón dilatado, la ingle endurecida; examino lo que sale de abajo: sangre arenosa y orina. Y me pregunto por qué sale sangre de un cuerpo tan quieto, ¿qué se habrá roto adentro? Beso el cordel de la cortina que era tuyo, beso tus pulseras, me acerco a la nariz la caja de talcos, beso tus ropas antes de guardarlas lavadas porque sé que no las vas a volver a usar, y regreso a la cama contigo. Es pungente pensar en lo que ha sido tu vida porque tú siempre estás llorando con las manos quemadas sobre el fregadero lleno de bandejas de panadería sucias. Este dolor que es una contracción detrás de los pulmones antes de empezar a llorar, ahínca. El cuerpo es un lugar otro del llanto donde está el dolor sometiendo al cuerpo remendado de tu hija. Mientras viva me dolerá lo de ti que hay en mí, porque tú estás muerta y sólo vives en lo de ti que hay en mí, y no me basta. El cuerpo se recoge en el temor del cuerpo, porque el cuerpo sabe lo que le aniquila. Tu dolor que hay en mí, tu falta de aire en una sala de Emergencia, o defecando desplomada sobre la taza, o desmayada sangrando por la vagina, o ahogada pidiéndome auxilio con un quejido sostenido y los ojos ahumados, reducida y tibia, el hipío de la respiración como último renglón de tu vida. O muerta ya, envuelta en la sábana azul marino, siendo recogida antes del amanecer para ser llevada a la morgue. Siempre me va a doler mi dolor tuyo. Cuando de niña me sobabas los esguinces haciéndome rodar el pie sobre una botella, o cuando me despertabas de madrugada para ir al campo a buscar comida y me tomabas fuerte de la mano para subir y bajar del tren y los autobuses. Siempre sufriré tu sufrimiento mío. Mi Shirley Temple, mi niña bonita, me decías. La bonita, no la fea. Y esa distinción la hermana torturada torturadora me la cobró muy caro. Nunca parecías darte cuenta y esa ignorancia es una forma de crueldad animal. Es darle a un hijo la porción de crueldad que va a necesitar para sobrevivir. Luego mi niña bonita tenía esa carga emponzoñada. Pero tú no parecías saberlo. Hace años que huyo de la hermana torturada torturadora. Te la saqué de encima en los momentos críticos en los que no supimos qué buscaba. Pedía dineros, reclamaba tu favor, robaba los cosméticos, las prendas que yo te regalaba, se comía los almuerzos que yo te llevaba. Pero ¿buscaba esas minucias? Parece banal que pidiera dineros con tanto dolor y tantas lágrimas. Parece poca cosa, motivo insuficiente para empujarte del sillón, gritarte insultos, atormentarte, suplicándote por días hasta alterarte de los nervios, privarte del sueño, anciana ya, acongojada y marchita, fuera de ti. Ella pedía algo más durante estas sesiones terribles de reclamos e insultos, llantos y gritos, forcejeos y cristales rotos. Casi siempre yo me enteraba tarde, cuando ya se había salido con la suya. O cuando ya habías rodado de su automóvil por el asfalto. Notaba algo en ti, algo penoso en tu voz, e indagaba. O corría al hospital con el corazón en un puño. Entonces tomaba medidas para protegerte. Era imperativo que no se repitiera la representación de esa angustia de la hermana torturada torturadora, *homo ferus* del que había que huir. Temiendo por tu muerte. O me lo confesabas luego y me llenaba de ira, de impotencia ante la hermana torturada torturadora que te hacía estas cosas. Y que aceptaras a regañadientes esta dinámica de nuestras vidas y el papel que ella nos asignaba, que fuéramos tú y yo las causantes de todas las desgracias de la hermana torturada torturadora. Las tres vivíamos en vilo. De contado me tocaba repararlo todo. Si bien no era la única que sabía que esta dinámica feroz debía aplacarse; algo en tu voz me decía que comprendías lo que había sucedido. No me atrevo a llegar allí donde tu voz *sabía*, donde algo en tu voz era cómplice de esta nueva estampida del horror. Me tocaba a mí estabilizar tu salud, restablecer el daño económico, hacerte olvidar –a mí que necesito evitar todo contacto con la hermana torturada torturadora, para vivir. Porque para huir de la hermana tortu- rada torturadora tenía que huir de ti y no podía huir de ti. En realidad nunca pude separarme de ti hasta ahora, por la fuerza de la naturaleza. Pienso en tu niñez miserable y en tu única muñeca de madera. ¿Qué podías legarnos a tus hijos? ¿Qué se puede extraer de una niñez paupérrima como la tuya? A tu «hija con problemas» le seguirán doliendo tus dolores míos: las sinvergüenzadas que te infligían los otros, el hambre visceral de tu infancia, tú robando una gallina para llevarle comida a tu madre y a tus hermanos. Y trato de imaginar cómo eras de niña, esquivando una carreta cargada de aves de corral, o maravillán- dote con la rifa de la lotería o, ya adolescente, asomándote a los bailes de la feria ganadera y marcando los pasos de un danzón que luego ensayabas con los pies descalzos sobre el piso de tierra de la choza donde vivían. Siempre me dolerán tu dolor mío y las asperezas de tu vida. De la educación religiosa que nos diste, perdura una ética en el respeto a la autoridad –en el miedo al hurto o a la vida licenciosa subyace un respeto a lo sagrado del que he podido sacar provecho–, la diligencia y la fuerza para el trabajo, la generosidad con los que tienen menos que una.

Y porque no te sometiste a la voluntad de nadie, esa actitud me hizo libre en la impostura y valiente frente la dictadura y la violencia populista.

Madre, todo lo no domesticado es la locura. Lo sé porque te estuve educando en la vejez y porque pude reprenderte y enseñarte. Supe así que eras una especie de animal manso no domesticado y que nos habías hecho daño. Porque un animal no domesticado no sabe comportarse en sociedad, no puede criar hijos y que le salgan bien, no puede educarlos en dominar sus instintos, y en el caso de la hermana torturada torturadora, su odio asesino. Yo puedo hablar de ese animal manso que podías ser y acotar tu desatino al no someterte a la violencia de nadie con la violencia. Yegua raza, contornada al juego de la especie humana. Mucho en ti no pudo domarse, por eso te pude moldear de anciana, porque te faltaba por hacerte tú misma. Y decías que sufrías retraso mental, que no fijabas las cosas, que eras bruta, pero yo sabía que era falta de crianza. Mi padre te llamaba yegua raza y tú te ofendías. Pero yo encuentro hermoso que te llamara así. Una especie animal que se monta a lomo. Quien fuiste tú de joven: un animal que se podía tornar violento y desbocarse, animal fuerte y hermoso que se montaba a lomo. Entre mi padre y yo no cabía un juego, una complicidad. Sólo un celo instintivo. Él y yo sabíamos cuál era el significado último de la frase, yegua raza. Por eso él casi me llegó a matar con las manos, porque yo era la única capaz de intimidarlo, de abarcar tu vida.

Catálogo Bokeh

Abreu, Juan (2017): *El pájaro*. Leiden: Bokeh.

Aguilera, Carlos A. (2016): *Asia Menor*. Leiden: Bokeh.

— (2017): *Teoría del alma china*. Leiden: Bokeh

Aguilera, Carlos A. & Morejón Arnaiz, Idalia (eds.) (2017): *Escenas del yo flotante. Cuba: escrituras autobiográficas*. Leiden: Bokeh.

Alabau, Magali (2017): *Ir y venir. Poesía reunida 1986-2016*. Leiden: Bokeh.

Alcides, Rafael (2016): *Nadie*. Leiden: Bokeh.

Andrade, Orlando (2015): *La diáspora (2984)*. Leiden: Bokeh.

Armand, Octavio (2016): *Concierto para delinquir*. Leiden: Bokeh.

— (2016): *Horizontes de juguete*. Leiden: Bokeh.

— (2016): *origami*. Leiden: Bokeh.

Aroche, Rito Ramón (2016): *Límites de alcanía*. Leiden: Bokeh.

Barquet, Jesús J. (2018): *Aguja de diversos*. Leiden: Bokeh.

Blanco, María Elena (2016): *Botín. Antología personal 1986-2016*. Leiden: Bokeh.

Caballero, Atilio (2016): *Rosso lombardo*. Leiden: Bokeh.

— (2018): *Luz de gas*. Leiden: Bokeh.

Calderón, Damaris (2017): *Entresijo*. Leiden: Bokeh.

Díaz de Villegas, Néstor (2015): *Buscar la lengua. Poesía reunida 1975-2015*. Leiden: Bokeh.

— (2015): *Cubano, demasiado cubano. Escritos de transvaloración cultural*. Leiden: Bokeh.

— (2017): *Sabbat Gigante. Libro primero: Hojas de Rábano*. Leiden: Bokeh.

— (2018): *Sabbat Gigante. Libro segundo: Saigón*. Leiden: Bokeh.

Díaz Mantilla, Daniel (2016): *El salvaje placer de explorar*. Leiden: Bokeh.

Fernández Fe, Gerardo (2015): *La falacia*. Leiden: Bokeh.

— (2015): *Notas al total*. Leiden: Bokeh.

Fernández Larrea, Abel (2015): *Buenos días, Sarajevo*. Leiden: Bokeh.

— (2015): *El fin de la inocencia*. Leiden: Bokeh.

Ferrer, Jorge (2016): *Minimal Bildung. Veintinueve escenas para una novela sobre la inercia y el olvido*. Leiden: Bokeh.

Gala, Marcial (2017): *Un extraño pájaro de ala azul*. Leiden: Bokeh.

Garbatzky, Irina (2016): *Casa en el agua*. Leiden: Bokeh.

García, Gelsys (2016): *La Revolución y sus perros*. Leiden: Bokeh.

García, Gelsys (ed.) (2017): *Anuncia Freud a María. Cartografía bíblica del teatro cubano*. Leiden: Bokeh.

Garrandés, Alberto (2015): *Las nubes en el agua*. Leiden: Bokeh.

Ginoris, Gino (2018): *Yale*. Leiden: Bokeh.

Gómez Castellano, Irene (2015): *Natación*. Leiden: Bokeh.

Guerra, Germán (2017): *Nadie ante el espejo*. Leiden: Bokeh.

Gutiérrez Coto, Amauri (2017): *A las puertas de Esmirna*. Leiden: Bokeh.

Hernández Busto, Ernesto (2016): *La sombra en el espejo. Versiones japonesas*. Leiden: Bokeh.

— (2016): *Muda*. Leiden: Bokeh.

— (2017): *Inventario de saldos. Ensayos cubanos*. Leiden: Bokeh.

Hurtado, Orestes (2016): *El placer y el sereno*. Leiden: Bokeh.

Jesús, Pedro de (2017): *La vida apenas*. Leiden: Bokeh.

Inguanzo, Rosie (2018): *La Habana sentimental*. Leiden: Bokeh.

Kozer, José (2015): *Bajo este cien*. Leiden: Bokeh.

— (2015): *Principio de realidad*. Leiden: Bokeh.

Lage, Jorge Enrique (2015): *Vultureffect*. Leiden: Bokeh.

Lamar Schweyer, Alberto (2018): *Ensayos sobre poética y política. Edición y prólogo de Gerardo Muñoz*. Leiden: Bokeh, Colección Mal de archivo.

Marqués de Armas, Pedro (2015): *Óbitos*. Leiden: Bokeh.

Méndez Alpízar, L. Santiago (2016): *Punto negro*. Leiden: Bokeh.

Miranda, Michael H. (2017): *Asilo en Brazos Valley*. Leiden: Bokeh.

Morales, Osdany (2015): *El pasado es un pueblo solitario*. Leiden: Bokeh.

— (2018): *Zozobra*. Leiden: Bokeh

Morejón Arnaiz, Idalia (2018): *Una artista del hombre*. Leiden. Bokeh.

Padilla, Damián (2016): *Phana*. Leiden: Bokeh.

Parra, Yoan Miguel (2018): *Burdeos*. Leiden: Bokeh.

Pereira, Manuel (2015): *Insolación*. Leiden: Bokeh.

Pérez Cino, Waldo (2015): *Aledaños de partida*. Leiden: Bokeh.

— (2015): *El amolador*. Leiden: Bokeh.

— (2015): *La isla y la tribu*. Leiden: Bokeh.

— (2016): *Dinámica del medio*. Leiden: Bokeh.

Ponte, Antonio José (2017): *Cuentos de todas partes del Imperio*. Leiden: Bokeh.

Portela, Ena Lucía (2016): *El pájaro: pincel y tinta china*. Leiden: Bokeh.

— (2016): *La sombra del caminante*. Leiden: Bokeh.

Quintero Herencia, Juan Carlos (2016): *El cuerpo del milagro*. Leiden: Bokeh.

Rodríguez Iglesias, Legna (2015): *Hilo + Hilo*. Leiden: Bokeh.

— (2015): *Las analfabetas*. Leiden: Bokeh.

Rodríguez, Reina María (2016): *El piano*. Leiden: Bokeh.

Sánchez Mejías, Rolando (2016): *Mecánica celeste. Cálculo de lindes 1986-2015*. Leiden: Bokeh.

Saunders, Rogelio (2016): *Crónica del decimotercero*. Leiden: Bokeh.

Starke, Úrsula (2016): *Prótesis. Escrituras 2007-2015*. Leiden: Bokeh.

Timmer, Nanne (2018): *Logopedia*. Leiden: Bokeh.

Valdés Zamora, Armando (2016): *La siesta de los dioses*. Leiden: Bokeh.

Villaverde, Fernando (2016): *Los labios pintados de Diderot*. Leiden: Bokeh.

— (2016): *La irresistible caída del muro de Berlín*. Leiden: Bokeh.

WINTER, Enrique (2016): *Lengua de señas*. Leiden: Bokeh.

WITTNER, Laura (2016): *Jueves, noche. Antología personal 1996-2016*. Leiden: Bokeh.

ZEQUEIRA, Rafael (2017): *El winchester de Durero*. Leiden: Bokeh.